LE PREMIER SIÈCLE APRÈS BÉATRICE

Né au Liban en 1949, Amin Maalouf vit à Paris depuis 1976. Après des études d'économie et de sociologie, il entre dans le journalisme. Grand reporter pendant douze ans, il a effectué des missions dans plus de soixante pays. Ancien rédacteur en chef de Jeune Afrique, *il consacre aujourd'hui l'essentiel de son temps à l'écriture de ses livres.*
Amin Maalouf est l'auteur de : Les Croisades vues par les Arabes *(1983),* Léon l'Africain *(1986),* Samarcande *(1988), Prix des Maisons de la Presse,* Les Jardins de lumière *(1991), tous traduits dans le monde entier...*
Le Rocher de Tanios, *publié en 1993, a été couronné par le Prix Goncourt.*

Il existe sur les marchés d'Orient des « fèves » mystérieuses auxquelles d'antiques superstitions prêtent le pouvoir de favoriser la naissance d'enfants mâles. Quand le narrateur de ce roman, un savant français spécialiste des scarabées, s'en procure quelques-unes lors d'un voyage en Égypte, il ne se doute pas que le monde vient d'entrer dans un âge critique de son histoire. Un peu partout, en effet, les naissances féminines vont se raréfier, sans raison apparente. Les « fèves » seraient-elles à l'origine de cette malédiction ? A travers une enquête à rebondissements qui les entraîne jusqu'à l'équateur, le savant et sa compagne cherchent une explication.

Féroce et tendre, allègre et grave, ce roman d'Amin Maalouf se prête à plus d'une lecture. Roman de l'amour « maternel » d'un père envers sa fille, roman d'un homme attaché à « la féminité du monde », roman d'un mal insaisissable qui anéantit les femmes et ronge les hommes, roman du partage de notre planète entre un Sud qui dépérit et un Nord qui s'exaspère, roman de l'effrayante rencontre entre les perversions de l'archaïsme et celles de la modernité.

Mais peut-être est-ce avant tout le roman de notre fin de siècle déconcertante. Avec, aussi, un regard inquiet vers le vingt et unième, si présent déjà, et que l'auteur appelle, énigmatiquement, « le premier siècle après Béatrice ».

D0830082

Dans le Livre de Poche :

LÉON L'AFRICAIN.
SAMARCANDE.
LES JARDINS DE LUMIÈRE.

AMIN MAALOUF

Le Premier Siècle après Béatrice

ROMAN

GRASSET

À ma mère.

Tu es dans le jardin d'une auberge aux environs de Prague
Tu te sens tout heureux une rose est sur la table
Et tu observes au lieu d'écrire ton conte en prose
La cétoine qui dort dans le cœur de la rose

APOLLINAIRE,
Alcools.

A

Des événements que je consigne en ces pages je ne fus qu'un témoin parmi d'autres, plus rapproché que la foule des spectateurs, mais tout aussi impuissant. Mon nom, je le sais, a été mentionné dans les livres, j'en conçus autrefois quelque fierté. Plus maintenant. La mouche de la fable pouvait exulter puisque le coche était arrivé à bon port ; de quoi se serait-elle vantée si le voyage s'était achevé dans un précipice ? Tel fut bien mon rôle, en vérité, celui d'un voltigeur superflu et malchanceux. Du moins n'ai-je été ni dupe ni complice.

Je n'ai jamais couru l'aventure, mais quelquefois l'aventure m'a débusqué. Si j'avais pu choisir, je l'aurais confinée au seul univers qui m'ait passionné dès l'enfance et qui, à quatre-vingt-trois ans dûment fêtés, me passionne encore sans relâche : les insectes, ces remarquables lilliputiens, raccourcis d'élégance, d'habileté, d'immémoriale sagesse.

J'ai l'habitude de préciser à mes interlocuteurs profanes que je ne suis pas, le moins du monde, un défenseur des insectes. Avec les animaux dits supérieurs, que nous, les hommes, avons tôt asservis et abondamment massacrés, dont nous avons triomphé une fois pour toutes, nous pouvons nous permettre désormais d'être magnanimes. Pas avec les insectes. Entre eux et nous la lutte se poursuit, quotidienne, impitoyable, et rien n'autorise à prédire que l'homme en sortira vainqueur. Les insectes étaient sur cette Terre bien avant nous, ils y seront encore après nous, et lorsque nous pourrons explorer de lointaines planètes, ce sont leurs congénères que nous y trouverons plutôt que les nôtres. Ce dont nous serons, je pense, réconfortés.

Je l'ai dit, je ne suis pas un défenseur des insectes. Mais assurément l'un de leurs tenaces admirateurs. Comment ne pas l'être ? Quelle créature a jamais distillé matières plus nobles que la soie, le miel ou la manne du Sinaï ? Depuis toujours, l'homme s'évertue à copier de ces produits d'insectes la texture et le goût. Que dire aussi du vol de la mouche « vulgaire » ? Combien de siècles nous faudra-t-il encore pour l'imiter ? Sans parler de la métamorphose d'une « misérable » larve.

Je pourrais égrener les exemples à l'infini. Tel n'est pas mon propos. Dans les pages qui vont suivre, ce n'est pas de ma passion pour les insectes qu'il s'agit, mais justement des seuls moments de ma vie où je me sois intéressé en priorité aux humains.

A m'entendre, on me prendrait aisément pour un ours misanthrope. Ce ne serait guère vrai. Mes étudiants ont gardé de moi le meilleur souvenir ; mes collègues ont peu médit ; j'ai parfois été sociable, sans excès ; j'ai même cultivé, en jachère, deux ou trois amitiés. Surtout, il y a eu Clarence, et puis Béatrice ; mais d'elles je reparlerai.

Disons, pour résumer sans mentir, que j'ai rarement supporté le bourdonnement des misères quotidiennes mais qu'aux grands débats de mon temps j'ai constamment prêté une oreille neuve.

J'ai chéri jusqu'au bout le siècle de ma jeunesse, ses enthousiasmes naïfs, ses naïves frayeurs à l'approche du millénaire, encore et encore l'atome, et à nouveau l'épidémie, puis ces trouées de Damoclès au-dessus des pôles. C'était un grand siècle, à mon sens le plus grand, peut-être le dernier grand, c'était le siècle de toutes les crises et de tous les problèmes ; aujourd'hui, au siècle de ma vieillesse, on ne parle que de solutions. J'ai toujours pensé que le Ciel avait inventé les problèmes et l'Enfer les solutions. Les problèmes nous bousculent, nous malmènent, nous désarçonnent, nous font sortir de nousmêmes. Salutaire déséquilibre, c'est par les problèmes que toutes les espèces évoluent ; c'est par les solutions qu'elles se figent et s'éteignent. Est-ce un hasard si le pire crime de notre mémoire s'est intitulé « solution », et « finale » ?

Et tout ce que j'observe à présent autour de moi, cette planète rabougrie, morose, obscurcie, ce déferlement de haines, cette universelle frilosité qui enveloppe tout, comme une nouvelle ère glaciaire... n'est-ce pas le fruit d'une géniale « solution » ?

La fin du millénaire avait été grandiose, pourtant. Une ivresse noble, contagieuse, ravageuse, messianique. Nous croyions tous que la Grâce allait toucher de proche en proche la Terre entière, que toutes les nations pourraient bientôt vivre dans la paix, la liberté, l'abondance. Désormais, l'Histoire ne serait plus écrite par les généraux, les idéologues, les despotes, mais par les astrophysiciens et les biologistes. L'humanité rassasiée n'aurait plus d'autres héros que les inventeurs et les amuseurs.

Moi-même j'ai longtemps nourri cet espoir. Comme tous ceux de ma génération, j'aurais haussé les épaules si l'on m'avait prédit que tant d'avancées morales et techniques s'avéreraient réversibles, que tant de voies d'échange se refermeraient, que tant de murs pourraient resurgir, tout cela par la faute d'un mal omniprésent et cependant insoupçonné.

Par quelle odieuse supercherie du destin notre rêve s'est-il démantelé ? Comment en sommes-nous arrivés là ? Pourquoi ai-je été contraint de fuir la cité, et toute vie civile ? Ce que je voudrais raconter ici, le plus fidèlement, le plus scrupuleusement possible, c'est la lente éclosion du fléau qui nous enveloppe depuis les premières années du nouveau siècle, nous entraînant dans cette régression sans précédent, me semble-t-il, par son ampleur comme par sa nature.

Malgré la terreur ambiante, je m'efforcerai d'écrire jusqu'au bout dans la sérénité. En cet instant, je me sens à l'abri dans mon repaire de haute montagne, et ma main ne tremble guère au-dessus de ce vieux répertoire encore vierge auquel je vais confier mes bribes de vérité. Je retrouve même, à l'évocation de certaines images du passé, une allégresse dans laquelle je me complais, au point d'oublier par moments le drame que je suis censé relater. N'est-ce pas l'une des vertus de l'écriture que de coucher sur la même feuille horizontale le futile et l'exceptionnel ? Tout reprend dans un livre l'épaisseur négligeable de l'encre écrasée.

Mais trêve de préambules ! Je m'étais promis de m'en tenir aux faits.

B

C'est au Caire que tout a commencé, par une studieuse semaine de février, il y a quarante-quatre ans, j'ai même noté le jour et l'heure. Mais à quoi bon jongler avec les dates, il suffit de dire que c'était au voisinage de l'année aux trois zéros. J'ai écrit « commencé » ? Commencé pour moi, je voulais dire ; les historiens font remonter la genèse du drame bien plus haut dans le temps. Mais je me place ici du strict point de vue du témoin : à mes yeux la chose est née quand je l'ai rencontrée pour la première fois.

Cette entrée en matière peut laisser croire que j'appartiens à la race des grands voyageurs, un rendez-vous au bord du Nil, une escapade vers l'Amazone ou le Brahmapoutre... Tout au contraire. J'ai passé le plus clair de ma vie à ma table de travail, j'ai surtout voyagé entre mon jardin et mon laboratoire. Ce dont je ne conçois, d'ailleurs, pas le moindre regret ; à chaque fois que je me collais à l'œilleton du microscope, c'était pour moi l'embarquement.

Et lorsqu'il m'arrivait de prendre l'avion pour de vrai, c'était aussi, presque toujours, dans le but d'observer un insecte de plus près. Ce voyage-là, en Égypte, concernait le scarabée. Mais l'optique ne m'était pas coutumière. D'ordinaire, quand je participais à quelque séminaire, il ne s'agissait que d'agriculture ou d'épidémie. Invités d'honneur, le phylloxéra ou la *Propillia japonica*, l'anophèle ou la mouche tsé-tsé, pour de lassantes variations sur un thème vieux comme la préhistoire : « nos ennemies les bêtes ». La rencontre du Caire promettait d'être différente. La lettre d'invitation parlait de, je cite,

« apprécier la place du scarabée dans la civilisation de l'Égypte ancienne : art, religion, mythologie, légendes ».

Je n'apprendrai rien à personne, je présume, en rappelant qu'à l'époque pharaonique, on vénérait le scarabée comme une divinité. En particulier l'espèce connue, justement, sous le nom de « scarabée sacré », *Scarabeus sacer*, mais plus généralement toutes les variétés de ce vaillant insecte. On le croyait doté de vertus magiques, et dépositaire des grands mystères de la vie. Tout au long de mes années d'études, chaque professeur me l'avait redit à sa manière, et dès que j'eus obtenu mon propre laboratoire au Muséum d'histoire naturelle, mes élèves eurent droit, eux aussi, au couplet annuel, dithyrambique et passionné, sur le scarabée. Imagine-t-on ce que cela représente pour un spécialiste des coléoptères de savoir que Ramsès II a pu se prosterner devant l'une de ces petites bestioles dévoreuses de bouse ? Le culte du scarabée s'était même répandu bien au-delà des frontières de l'Égypte, vers la Grèce, la Phénicie, la Mésopotamie ; des légionnaires romains avaient pris l'habitude de graver une silhouette de scarabée sur le pommeau de leurs glaives ; et les Étrusques ciselaient de délicats bijoux d'améthyste à son effigie.

Pour ma discipline, je le répète, le scarabée est une gloire, un titre de noblesse. J'allais dire un vénérable aïeul. Et, tout naturellement, j'ai fait quelques lectures, quelques recherches à son sujet, je ne pouvais le loger à la même enseigne que les blattes du grenier, tous les insectes ne sont pas nés dans la même bouse.

Pourtant, aussi approfondies qu'aient pu être mes investigations, je m'étais tout de suite senti fort peu à ma place au séminaire du Caire. Parmi les vingt-cinq participants venus de huit pays, moi seul étais incapable de lire les hiéroglyphes, incapable d'énumérer les Thoutmès ou les Aménophis, moi seul ignorais, de surcroît, le copte sacidique et le copte subakhmimique — que nul ne s'avise de me demander ce que c'est, je n'ai plus jamais entendu ce mot depuis, mais je crois l'avoir transcrit correctement. Comme s'ils s'étaient ligués pour m'humilier, les conférenciers avaient tous émaillé leurs interventions d'expressions pharaoniques apparemment fort amusantes, que pas un, évidemment, ne songeait à traduire, cela ne se fait pas dans leur milieu, il serait inconvenant de mettre ainsi en doute l'érudition des auditeurs.

Quand vint mon tour, je m'arrangeai pour dire, en plaisantant à moitié, que sans être égyptologue ni archéologue, sans connaître aucun dialecte copte, je n'étais pas exactement un ignorant vu que ma spécialité recouvrait les trois cent soixante mille espèces de coléoptères alors recensées, le tiers de toutes les créatures animées, excusez du peu. Excusez surtout la bouffée de forfanterie, ce n'est nullement dans mes habitudes, mais j'en avais vitalement besoin ce jour-là pour me dégager d'une étouffante sensation d'analphabétisme !

Cette précision étant faite, et son effet furtivement vérifié sur les mines de mes auditeurs, je pouvais aborder mon sujet, à savoir une description des mœurs alimentaires et reproductrices du scarabée, pour aider à comprendre ce qui, dans son comportement, avait pu paraître si suggestif, si mystérieux, si riche d'enseignement aux pharaons et à leurs sujets.

J'ai à peine besoin de le souligner, les anciens Égyptiens, même quatre mille ans avant nous, n'étaient pas une peuplade primitive. Ils avaient déjà construit la grande pyramide, et s'ils s'étaient penchés avec ébahissement sur un insecte occupé à pétrir la bouse de buffle, nous devons considérer leur émerveillement avec respect.

Que faisait le scarabée ? Ou plutôt, que fait-il ? puisque le culte dont il fut l'objet n'a en rien modifié son comportement.

Avec ses pattes antérieures, il coupe un morceau de bouse qu'il roule devant lui pour le tasser et l'arrondir. Au préalable, il a creusé un trou dans le sol, et quand il a fini de confectionner sa boulette, il la pousse dans le trou. Ou même, première merveille, plutôt que de la conduire directement vers le trou, il la pousse dans la direction inverse, vers un petit monticule de sable, jusqu'au sommet, et là, il la lâche pour qu'en roulant elle aille directement se nicher dans le trou.

On pense à Sisyphe ; et, de fait, l'une des variétés les

plus connues de scarabées est appelée *sisyphus*. Mais les Égyptiens ont vu là un autre mythe, une autre allégorie. Car le scarabée, une fois sa boulette bien calée dans le trou, lui donne la forme d'une poire pour être sûr qu'elle ne bougera plus, puis il pond, dans le bout étroit, un œuf, dont sortira une larve. A sa naissance, celle-ci trouvera dans la boulette de quoi se nourrir, et vivra là, en autarcie, jusqu'à sa maturité. C'est-à-dire jusqu'à ce qu'un nouveau scarabée, quittant sa « coquille », vienne répéter les mêmes gestes...

Cette boulette qui roule, se sont dit les Égyptiens, symbolise le mouvement du soleil dans le firmament. Et ces scarabées qui brisent leurs cercueils de bouse symbolisent la résurrection après la mort. Les pyramides ne sont-elles pas de gigantesques poires de bouse stylisées ? N'espérait-on pas que le défunt, comme le scarabée, en sortirait un jour, ragaillardi, pour reprendre son labeur ?

Si mon intervention avait laissé les auditeurs quelque peu sur leur faim, celle qui la suivit, œuvre d'un brillant égyptologue danois, le professeur Christensen, vint l'étayer et l'enrichir.

Après m'avoir poliment remercié pour les détails zoologiques que j'avais apportés, il s'étendit bien plus sur l'aspect symbolique. A partir du rôle supposé du scarabée en tant que messager de la résurrection, expliqua-t-il, on lui avait attribué, dans la religion établie comme dans les croyances populaires, toutes sortes de vertus. On l'avait érigé en symbole d'immortalité, donc de vitalité, de santé, de fécondité. On avait fabriqué des scarabées en pierre pour les placer dans les sarcophages. Ainsi que des scarabées en argile durcie qui servaient de sceaux.

— Un sceau, nota le conférencier, est apposé au bas d'un document pour en certifier l'origine et en garantir l'inviolabilité et la pérennité. Les scarabées, symboles d'éternité, étaient tout indiqués pour cette utilisation. Et si les pharaons pouvaient revenir à la vie, ils constateraient que leurs précieuses archives, amassées pendant des millénaires sur du papyrus, sont toutes tombées en poussière, mais que les sceaux en argile durcie ont survécu. A sa manière, l'insecte sacré a tenu sa promesse d'immortalité.

On a retrouvé des milliers de ces scarabées-tampons, sur lesquels les égyptologues ont glané une foule d'informations. Le Danois, qui semblait avoir scruté chaque objet dans chaque musée du monde, de Chicago à Tachkent, avait recensé pour nous toutes les signatures — pharaons, trésoriers ou prêtres d'Osiris — ainsi que les formules de vœux qui les accompagnaient. L'une d'elles revenait sans arrêt comme une incantation : « Que ton nom perdure et qu'un fils te naisse ! »

Afin de distraire son auditoire, que cette répétition aurait fini par lasser, Christensen sortit soudain de sa poche un petit étui en carton qu'il tint entre le pouce et l'index pour le brandir devant nos yeux. Venant en conclusion d'une intervention où il était constamment question d'or, d'émeraudes, d'intailles et d'incrustations, cet objet de facture récente et grossière avait quelque chose de dérangeant. C'était bien l'effet recherché par le Danois.

— J'ai acheté ceci hier soir sur la grand-place du Caire, à Maydan al-Tahrir. Voyez, ce sont des capsules aplaties, en forme de grosses fèves, que l'on appelle, précisément, les « fèves du scarabée ». A l'intérieur, il y a une poudre dont la notice dit que l'homme qui l'absorbera gagnera en puissance virile et qu'en plus, il sera récompensé de ses ardeurs par la naissance d'un fils.

Tout en parlant, l'égyptologue avait brisé l'une des fèves et laissé couler la poudre sur le texte de sa conférence.

— Comme vous le voyez, le scarabée est crédité, aux yeux de certains de nos contemporains, des mêmes vertus magiques qu'autrefois. D'ailleurs, le fabricant n'est pas un ignare, puisqu'il y a ici l'image d'un scarabée, fort bien reproduite, je dois dire, ainsi que la traduction, en arabe et en anglais, de la formule ancestrale que vous connaissez désormais par cœur : « Que ton nom perdure et qu'un fils te naisse ! »

Éclat de rire unanime, que Christensen, habile comédien, apaisa d'un doigt autoritaire et d'un sourcil relevé, comme s'il s'apprêtait à faire une communication scientifique majeure :

— Je me dois de vous informer que lesdites fèves m'ont coûté cent dollars. Je ne crois pas que ce soit leur prix habituel, mais j'avais sorti le billet, et le gamin qui vendait ces objets me l'a arraché des mains avec un sourire d'ange, avant de détaler. Voilà une dépense que le comptable de l'université d'Aarhus ne voudra jamais me rembourser !

Le soir même je me rendis à Maydan al-Tahrir, décidé à ne pas rentrer sans avoir acquis, en guise de souvenir, « mon » exemplaire des « fèves du scarabée », et tout aussi décidé à ne pas me laisser escroquer. Au moment de quitter ma chambre, je pris soin de retirer de mon portefeuille un billet de dix dollars que je plaçai seul dans ma pochette, avant de boutonner soigneusement ma veste.

Ainsi paré, je pouvais partir à l'assaut de la grand-place, une immensité non dénuée d'âme, enchevêtrement de passerelles aériennes qui sont censées réduire le grouillement humain, mais qui l'amplifient, au contraire, en lui ajoutant une troisième dimension. Dans ce gigantesque hanche-à-hanche de soldats oisifs et de commis affairés, dans cette jungle de badauds, de larrons, de mendiants, de trafiquants de toutes disciplines, je cherchai mon vendeur de capsules, ou plutôt j'essayai de me rendre, par mon allure béate, le plus touriste possible afin de l'appâter.

Au bout de quelques courtes minutes, je fus repéré par deux jeunes vendeurs. Le plus petit me plaça, d'office, une boîte dans la main ; j'agitai mon billet de dix dollars, bien décidé à feindre la plus sincère irritation s'il venait à réclamer plus. A ma grande surprise, il plongea la main dans sa poche pour me rendre la monnaie. Je lui signifiai qu'il pouvait garder le reste, mais il insista pour me rendre mon dû jusqu'au dernier « millime ». Pourquoi décourager de si louables dispositions ? Je me résignai donc à attendre, au milieu d'une étourdissante bousculade, qu'il ait péniblement rassemblé dans le creux de sa paume la somme à rendre. Ce n'étaient que des pièces fort légères, mais c'est le geste qui compte, n'est-ce pas ?

Je le remerciai d'une tape sur l'épaule et m'en retournai vers l'hôtel, cherchant des yeux l'ami danois.

Je le trouvai au bar, assis devant une bière de son pays. Lui exhibant fièrement mon acquisition, je l'informai du prix exact que j'avais payé. Il me félicita pour mon habileté, se plaignant de sa totale naïveté dès qu'il était en voyage, et lorsqu'il s'apprêta à régler les consommations, je le priai, avec condescendance, de me laisser faire :

— Vous avez suffisamment payé pour la journée.

Je dégrafai le bouton de ma veste. Plus rien. Mon portefeuille avait disparu.

J'aurais sans doute omis de rapporter cet épisode dérisoire et peu glorieux s'il n'avait pesé sur la suite des événements.

En effet, lorsque Christensen avait parlé de ces capsules, cela m'avait tellement amusé que je m'étais promis, dès mon retour à Paris, de rapporter l'anecdote à mes élèves, à mes collègues. Typiquement académique comme plaisanterie, dira-t-on. J'en conviens, mais l'important n'est pas là : les « fèves du scarabée » auraient fait en quelques heures le tour du Muséum, et dans le lot des rieurs, il s'en serait trouvé un, au moins, pour regarder la chose de plus près. Peut-être cela aurait-il permis d'élucider à temps le mystère, et de prévenir le drame...

Au lieu de quoi, je me dépêchai, à l'instant même où je rentrai chez moi, de balancer le maudit objet dans le fouillis d'un tiroir de rebuts en souhaitant ne plus jamais revoir cette preuve matérielle de ma niaiserie.

Dix jours après, je n'y pensais plus. Jamais l'argent gagné ou perdu ne m'a causé des joies ou des irritations durables. Mais sur le moment, j'étais hors de moi. J'avais prévu d'acheter des livres anciens chez une libraire que l'on m'avait recommandée, rue Qasr-el-Nil ; j'avais également repéré dans le hall de l'hôtel une étincelante reproduction de scarabée sur papyrus à l'ancienne, que j'aurais encadrée dès mon retour. Privé de tout moyen de paiement, je dus renoncer à ces acquisitions, et la dernière journée du voyage, qu'on nous avait laissée libre, je fus contraint de la passer dans ma chambre d'hôtel, à lire et relire les documents du séminaire.

Les « fèves du scarabée » restèrent donc enfouies dans ce tiroir. Et, pour ce qui est de mon cerveau, dans une sombre oubliette. Elles ne devaient en sortir, hélas, que bien plus tard.

Entre-temps, il y avait eu l'arrivée — j'ai failli dire l'avènement — de Clarence.

C

C'était un lundi, le premier depuis mon retour du Caire, pourtant j'avais repris chacune de mes habitudes et égaré tous mes souvenirs. Et lorsque le professeur Hubert Favre-Ponti vint me rendre sa visite hebdomadaire en tablier blanc, un gobelet de café fumant au bout de chaque main, il ne fut nullement question de scarabées ni d'égyptologie, mais de journalistes et de criquets migrateurs.

Des criquets, parce que mon collègue avait fait de ce fléau sa spécialité ; des journalistes, parce qu'à chaque fois qu'une contrée était dévastée — généralement en Afrique sahélienne, et en moyenne un automne sur trois — c'était Favre-Ponti que l'on venait interroger. En cela, il paraissait indûment privilégié aux yeux des nombreux collègues qui avaient choisi, comme moi, des objets d'étude moins nuisibles à l'humanité, et qui étaient condamnés, de ce fait, à poursuivre les carrières les plus brillantes dans la plus caverneuse obscurité.

S'il était conscient de sa chance, et des jalousies qu'il suscitait, Favre-Ponti n'en laissait rien paraître. Quand « son » fléau se manifestait, il passait la moitié de son temps à recevoir la presse, et l'autre moitié à s'en plaindre.

— Vois-tu, cher collègue, tu as devant toi un jeunot de l'âge de tes étudiants, et dès que tu te lances dans une explication de fond, il cesse de prendre des notes, il scrute le plafond et les étagères, ou alors il te coupe au milieu d'un mot pour passer à autre chose. De plus, tu ne sais jamais quelles inepties il mettra dans ta bouche le lendemain. Là où tu as dit « des acridiens en phase grégaire », il te fait dire « une nuée de sauterelles ».

Peut-être Favre-Ponti cherchait-il seulement à minimiser son privilège pour détourner les foudres de ses collègues. Mais ce matin-là, je n'avais décelé dans ses propos qu'une coquetterie agaçante, et passablement indécente. Sans cesser d'être courtois, j'avais voulu le remettre à sa place.

— Je n'ai pas souvent parlé à la presse moi-même, mais c'est seulement faute d'avoir été sollicité. Les rares fois où l'on a bien voulu s'intéresser à moi, j'ai répondu avec empressement. Un peu, comme tout un chacun, pour caresser ma vanité. Mais pas uniquement pour cela. J'ai toujours estimé que, par mesure d'hygiène mentale, je devais m'adresser le plus souvent possible à un public qui ne soit pas captif, à des auditeurs qui n'attendent pas de moi une note en fin d'année. C'est ainsi que l'on soigne ses tics verbaux et que l'on décrasse son jargon. Moi, cela ne me gênerait pas de dire « sauterelles » au lieu d'« acridiens ». Je ne le dirais pas à des étudiants en entomologie. Mais au grand public, pourquoi pas ?

— Ainsi, tu serais prêt à dire « une nuée de sauterelles fixant de leurs yeux rapaces les vertes prairies convoitée » ? Eh bien, vas-y, dis-le ! Il y a une journaliste qui vient chez moi à onze heures, je vais te l'envoyer. Mais si, mais si, je vais te l'envoyer.

— Ce n'est pas sérieux, Hubert, tu sais bien que je ne suis pas un spécialiste.

— Crois-tu qu'elle y verra la moindre différence ?

Je ne suis pas sûr que dans ces mots, ni dans la moue qui les avait accompagnés, il y ait eu la moindre nuance de compliment à mon endroit. Mon collègue s'empressa d'ailleurs de lâcher son gobelet vide dans ma poubelle, dédaigneusement. Et de quitter mon bureau en s'esclaffant. Je ne cherchai pas à le retenir. Il m'avait lancé un défi, il feignait d'en être amusé ; cela m'amusait aussi de le relever.

C'est ainsi que Clarence est entrée dans ma vie, à onze heures trois minutes, avec les compliments du professeur Favre-Ponti, « empêché ». Cet auditoire non captif, cet auditoire sans complaisance que j'appelais de mes vœux, j'allais l'avoir toute ma vie. Sans complaisance, mais sans dénigrement. Et sans lassitude surtout.

Je me sens obligé, à ce stade, d'introduire le mot « amour », bien qu'il ne soit guère plus scientifique que « sauterelles »...

Jusque-là, je n'avais rencontré qu'une seule autre personne se prénommant Clarence, et c'était un homme, un très érudit et très vieil entomologiste écossais ; ma Clarence était moins érudite et moins vieille. Et si femme.

Je me souviens d'avoir passé mon regard en premier sur ses lèvres, barques de couleur rose nuit, tendues vers le lointain comme sur certaines fresques égyptiennes. Puis d'avoir contemplé ses épaules, longuement. Je m'attarde toujours sur les épaules, ce sont elles qui font l'élégance des bras, du cou, du buste, de la peau ; elles qui déterminent l'allure, le maintien, le port de tête, l'harmonie d'ensemble des mouvements et des formes ; en un mot, la beauté. Ma visiteuse portait un chandail en angora blanc, éclatant mais feutré, qui retombait de chaque côté sur le haut de ses bras, entourant des épaules épanouies et altières, lisses, brunes et nues. Offrande pudique, les épaules dénudées avec grâce m'inspirent souvent une fougueuse tendresse, l'envie de caresser sans fin, et le désir d'étreindre.

En dépit de tout ce que je viens d'écrire, je ne mentirais guère en affirmant que la beauté de Clarence a peu influencé la suite de nos rapports. Non que je sois, ou aie jamais été, insensible à l'esthétique, Dieu non ! Mais seule me séduit durablement l'intelligence du cœur, providentielle si elle s'habille de beauté, pathétique si elle en est dénuée.

A l'arrivée de « la journaliste », seule me préoccupait mon espèce de gageure avec Favre-Ponti. Aussi avais-je employé les minutes précédant l'entretien à préparer dans ma tête ce que j'allais dire, et dans quel ordre, et par quels mots. Il me fallait être à la fois limpide aux oreilles du public et irréprochable aux cribles de mes pairs, je savais qu'aucun glissement de langue ne me serait pardonné.

Clarence s'était assise en face de moi, rotules serrées à la manière de mes plus timides étudiantes. Mais pour moi elle était l'examinateur. Et lorsqu'à la manière de ces jeunots qui agaçaient tant mon collègue, elle s'arrêta soudain de prendre des notes, je fus proprement désarçonné. Les mots trébuchaient dans ma gorge. J'expédiai en deux bouts de phrase mon envolée, pour bredouiller :

— ... mais je m'écarte, peut-être, de ce qui intéresse vos lecteurs.

— Pas du tout, je vous assure.

Je me penchai par-dessus le bureau, fixant ostensiblement son bloc-notes.

— S'il y a un mot que vous ne saisissez pas, n'hésitez pas à me le faire répéter. Vous savez, on ne se débarrasse pas facilement du jargon.

— Je comprends parfaitement tout ce que vous dites, ne vous arrêtez surtout pas !

Son sourire était rayonnant et sa protestation de sincérité, poignante. Seulement, son « Ne vous arrêtez surtout pas ! » ne signifiait pas « Poursuivez votre raisonnement, il m'intéresse », mais plutôt « Ne coupez pas la musique, elle me berce ». Elle m'avait trouvé « décoratif et mélodieux », avouera-t-elle plus tard ; sur le moment, elle n'aurait pas osé prononcer des adjectifs aussi inconvenants, mais c'était tout comme. Je n'avais pas l'habitude d'être scruté ainsi, j'avais l'insupportable impression de me trouver du mauvais côté du microscope.

— Je ne suis pas sûr, dis-je enfin, que ce soit ce genre d'explication qu'il faut à vos lecteurs.

— Vos explications me conviennent tout à fait. Seulement, je pensais à autre chose.

— Votre jeune esprit voyageait ailleurs, décrétai-je le plus paternellement du monde.

— Pas du tout, c'est ici que mon esprit vogue. Tout ce que je vois autour de moi m'impressionne et me fait rêver : ce laboratoire, ce jardin, les plantes, les insectes, votre tablier de savant, vos lunettes démodées, et puis surtout ce bureau majestueux avec ses tiroirs qui renferment tant de science mystérieuse et poussiéreuse à laquelle je serai toute ma vie étrangère.

Elle reprit son souffle et ébroua sa chevelure brune comme pour mieux se réveiller.

— Voilà, je vous ai dit ce qui me dissipait. Pour vous, tout ce qui vous entoure doit paraître anodin, sans charme ni poésie.

— J'avoue que cet endroit ne m'impressionne plus. Et, pour ce qui est de ce bureau, je vous dirai qu'il m'inquiète plutôt. Vous le voyez ainsi, majestueux, massif, mais sous cette apparence fallacieuse, il est miné par des réseaux de galeries où cavalent des colonies de perce-bois hilares. Parfois, le soir, quand je travaille tard, il me semble entendre le bruit de leurs mandibules. Et un jour, ils auront si bien labouré qu'il me suffira de poser ma serviette à cet endroit pour que tout s'écroule, pour que ce bureau massif et respectable s'effondre de tous côtés, réduit à un monceau de sciures et de chiures. Alors seulement, la direction songera peut-être à m'en fournir un autre. A moins que tout ce bâtiment vétuste ne s'effondre au même signal.

Ma visiteuse partit d'un rire épanoui, elle me regarda de cette manière dont tout homme voudrait que les femmes le regardent. Grisé, échauffé, insidieusement rassuré par le stylo qu'elle avait rebouché et rangé, je me lançai dans un discours sans retenue sur le Muséum, les professeurs, les étudiants, le directeur, une gigantesque et foisonnante fresque caricaturale qui aurait fait les délices d'une réunion d'anciens. Mais face à une journaliste que je voyais pour la première fois...

— Vous n'allez pas publier cela !

Seul un sourire forcé vint donner, in extremis, quelque tenue à mon cri angoissé. Clarence me fixa sans rien dire. Jamais âme d'insecte ne fut scrutée d'aussi près. Je regrettais, certes, mon bavardage, je savais que chaque mot qu'elle rapporterait me couperait irréparablement de mes élèves, de mes collègues, de tout ce monde où j'avais choisi de loger mon existence utile. Mais il ne s'agissait pas de cela, pas encore. Plus tard, dans une minute, dans une heure, je m'abandonnerais au remords. Plus tard, j'aurais honte. A cet instant, il y avait ce regard de femme, je n'aurais pas supporté d'en voir disparaître cette lueur d'estime, à aucun prix je n'aurais voulu me déconsidérer par quelque supplication mesquine et tremblante.

— Et maintenant, dis-je en m'étirant, maintenant que je vous ai confié mon testament, je peux mourir en paix.

A son rire, je compris que c'était gagné.

Ce le fut au-delà de tout ce que j'étais en droit d'attendre. Son article, paru dix jours plus tard, était une véritable ode d'amour au Muséum et à son Jardin, « oasis méconnue au cœur du désert urbain », « ultime refuge des biches, ..., et des savants à l'ancienne, en redingote ou presque ». Le spécimen de ces savants à l'ancienne n'était autre que moi, discrètement appelé « le professeur G. », et dont elle évoquait en termes affectueux « la silhouette élancée jusqu'au bout de la houppe, et tellement penchée en avant qu'il ne pourrait tenir à la verticale si ses lourdes godasses ne faisaient contrepoids ». Son lyrisme aidant, elle ne se contenta pas de faire de moi un chercheur et un enseignant, elle laissa croire que j'inspectais tous les jours le Jardin et les bêtes ; pour un peu, c'était moi qui nourrissais les biches de ma main. Elle avait sans doute besoin de cette image de génie agreste pour justifier le titre : « Au paradis du professeur G. » En somme, un mélange de vérité et de rêve dont je sortais, je dois dire, démesurément grandi.

Bien entendu, pas un mot de mes confidences. Mais pas la moindre allusion non plus à mon laborieux discours sur les criquets migrateurs !

D

Pendant ce temps, la boîte rapportée du Caire dormait dans mon tiroir aux côtés d'un casse-noisettes écartelé. C'est un dimanche que Clarence l'a déterrée, un dimanche qui a compté dans ma vie, mais pour une raison qui ne concerne en rien cette découverte. Depuis tant de mois que nous étions ensemble, je m'étais épuisé à la convaincre de venir vivre auprès de moi dans le vaste appartement où je résidais alors, rue Geoffroy-Saint-Hilaire, face au Jardin des plantes. Et ce dimanche-là, elle était venue.

Je l'avais appelée dès la parution de son article, nous nous étions vus, parlé, murmuré, tenus, retenus, aimés, sans hâte mais sans délai, comme si nous avions pris date depuis l'aube des créatures. Amoureux, l'un et l'autre, ravis, incrédules, soudain espiègles, adultes resquilleurs au paradis des gamins. Je sais, pour avoir observé les espèces, que l'amour n'est qu'une ruse de survie ; mais il est doux de fermer les yeux.

Pour moi, dans cette aventure, tout paraissait miraculeux, enveloppant, et d'emblée définitif. Pour Clarence aussi, sans doute, mais avec le désir et l'exigence envers elle-même de ne pas sauter à pieds joints dans le jardin d'un inconnu.

Peut-être ai-je eu tort de lui montrer, dès notre deuxième rendez-vous, ma collection de coléoptères. J'avais à l'époque près de trois cents spécimens, parmi lesquels un superbe dynaste hercule, ma fierté ; j'avais également, hors collection, une scolopendre de taille exceptionnelle, et une tarentule naine. A la première réaction de Clarence, je compris qu'il faudrait du temps pour la persuader de « cohabiter avec ça », et que j'aurais dû préparer cette rencontre avec plus de doigté. J'eus beau répéter que ces malheureuses et défuntes bestioles étaient aussi inoffensives qu'une collection de monnaies anciennes, qu'elles étaient, à mes yeux, tout aussi précieuses, et avaient l'avantage de ne pas appâter les cambrioleurs... Sans chercher à me contredire, mon amie me fit promettre, avec une ridicule solennité, qu'à partir de cette nuit-là et pour toujours, les relations de notre couple avec le monde des insectes seraient très exclusivement de mon ressort.

Il fallut des mois de tendresse et de ruse pour qu'elle surmonte cette phobie abusive et consente à mettre un pied dans mes meubles.

Un pied seulement, insistait-elle. Mais je ne m'inquiétais plus, je l'avais attirée dans l'engrenage de la vie commune, et je réinventais d'instinct, chaque jour, les mille gestes capables de la retenir.

Clarence était donc venue prendre possession d'un coin de penderie, de deux étagères dans la salle de bains, et d'un tiroir pour sa lingerie.

Lequel tiroir était, en l'occurrence, une anthologie de l'inutile sous toutes ses formes : vert-de-grisée, rouillée, démise, périmée... Ma compagne avait reçu mandat de tout confier à la poubelle, mais par scrupule elle vérifiait l'étiquette des médicaments.

— Aucune date sur celui-ci, il doit être éternel.

Je regardai la boîte qu'elle me montrait.

— Tu ne crois pas si bien dire, c'est une recette du temps des pharaons.

Je lui racontai. Le Caire, le séminaire sur le scarabée... et jusqu'aux garnements de Maydan al-Tahrir.

Elle écouta, toutes antennes dehors. Puis, vidant sur ses genoux le contenu de la boîte, elle se mit à lire la notice.

— J'ai déjà entendu parler de ces étranges « fèves », mais c'est la première fois que j'en vois. L'été dernier, une amie marocaine m'avait proposé de m'en rapporter ; j'avais eu honte de me montrer intéressée.

» Je m'attendais à quelque bouillie de sorcière, mais c'est proprement emballé.

Elle lut encore.

— Tu es sûr que ce n'est pas pour avoir un héritier que tu t'es acheté ça ?

Il y avait dans son regard une féline méfiance à l'égard de la gent mâle. Je levai la main droite, serment pitoyable qu'un rire de Clarence vint agréer. J'en profitai pour passer à l'offensive :

— L'égyptologue danois m'a expliqué que bien souvent les hommes hésitent à avaler ces « fèves », alors leurs femmes ouvrent la capsule et, à leur insu, répandent la poudre dans leur soupe.

— Oui, je sais, la misogynie se transmet d'abord de mère en fille. Quand on a grandi comme moi sur les bords de la Méditerranée, on a rarement le loisir de l'oublier.

Sa famille, originaire de Bessarabie, avait vécu à Salonique, à Alexandrie, à Tanger puis à Sète, où Clarence devait naître. Son patronyme a subi contorsions, ellipses et rajouts avant de devenir Nesmiglou. Pouvais-je me retenir d'appeler parfois ma compagne « igloo », dans l'intimité ? Par mauvaise foi taquine, je lui expliquai un jour que ce surnom lui allait parfaitement : « Qu'est-ce qu'un igloo ? Un bloc de glace à l'abri duquel on se sent au chaud... »

Outre son nom, Clarence gardait des pérégrinations séculaires de sa famille les plus nobles bâtardises : Vénus grecque résolument hâlée à l'accent romarin que j'imaginais à chaque instant étendue sur quelque plage, regardant au loin, nue, et ruisselante d'embruns.

Ce dimanche-là, sans lâcher la boîte de « fèves », elle se leva et se mit à arpenter la chambre, le profil tendu, le pas lent, comme décomposé. Que de fois je couverais des yeux sa démarche, avec l'envie de me mettre en travers de sa route pour lui ouvrir les bras, mais jamais je ne tenterais de le faire, pas une fois je n'interromprais ses pas ou sa pensée, me contentant de la contempler et d'attendre, car il sortait toujours de ce bouillonnement une idée, grave ou frivole, souvent les deux à la fois, dont je savais qu'elle me parlerait.

— Ne crois-tu pas que ce serait bon pour mon humeur ?

Les fèves du scarabée, bonnes pour l'humeur de Clarence ?

— C'est notre jargon, rit-elle. Au journal, les principaux rédacteurs signent à tour de rôle un billet d'humeur encadré, avec leur photo. Cette semaine, j'ai obtenu pour la première fois le droit d'écrire mon « humeur », je m'étais battue pour ça, et depuis que la rédaction en chef a donné son accord, je cherche, en vain, une idée qui sorte de l'ordinaire. Et la voici, mon idée.

Elle tenait précieusement la boîte comme s'il s'agissait d'une pièce à conviction. Et elle se remit à arpenter notre chambre, avec des pas de prédateur impatient. Longtemps. Avant de s'immobiliser net.

— Mon papier est fait, je n'ai plus qu'à l'écrire, triompha-t-elle.

Elle se laissa tomber alors sur le lit, épuisée, comme repue, et les bras larges ouverts.

Je pouvais l'envahir.

« L'humeur de Clarence Nesmiglou », ce furent quelques paragraphes bien tissés autour d'une idée simple, reprise en colimaçon jusqu'au butoir final.

Je n'ai plus ce texte sous la main, mais dans mon langage prosaïque, je le résumerai à peu près de la manière suivante : « Si demain les hommes et les femmes pouvaient, par un moyen simple, décider du sexe de leurs enfants, certains peuples ne choisiraient que des garçons. Ils cesseraient donc de se reproduire et, à terme, disparaîtraient. Aujourd'hui tare sociale, le culte du mâle deviendrait alors suicide collectif. Vu les progrès accélérés de la science et la stagnation des mentalités, une telle hypothèse ne manquera pas de se vérifier dans un proche avenir. Et s'il faut en croire le scarabée du Caire, c'est déjà le cas. »

L'aurais-je voulu, j'aurais retrouvé les mots exacts de Clarence, tellement plus élégants que les miens. C'est à dessein que j'ai omis de le faire. Tout était dit sur un ton à la fois emporté et allègre qui, relu maintenant, après tout ce qui s'est passé, paraîtrait monstrueux.

Monstrueux ? Que ce mot ressemble mal à Clarence ! Il y avait sans doute de sa part quelque légèreté, mais c'est la loi du genre, un « billet d'humeur » est un papillon, il se doit d'être aérien et frivole. Il y avait aussi une certaine inconscience, mais celle-ci n'était-elle pas notre lot à tous ? Nous le savons à présent, les moyens d'information répandent l'inconscience aussi sûrement que la lumière répand l'ombre ; plus le projecteur est puissant, plus l'ombre est épaisse. Les journaux avaient bien rendu compte, par moments, de quelques phénomènes étranges. En Chine, on avait observé dès les années quatre-vingt qu'il naissait dans certaines provinces bien plus de garçons que de filles ; des spécialistes nous avaient alors sereinement expliqué que les familles, contraintes par les autorités à n'avoir qu'un seul enfant, se débarrassaient du premier-né s'il avait le mauvais goût de se présenter sans l'indispensable attribut ; il y aurait eu ainsi quelques millions d'infanticides. Le monde s'était apitoyé pendant quarante-huit heures. Puis tout était retombé dans l'universel moulin à banaliser.

Je ne cherche pas à disculper Clarence, je sais qu'elle a

eu tort de plaisanter sur « l'autogénocide des populations misogynes », mais il faut se remettre dans l'esprit du moment, c'était une époque où il fallait s'émouvoir instantanément de tout et ne se préoccuper durablement de rien. Telle métropole africaine va être décimée par l'épidémie, hurlait-on un jour. Était-ce vrai ? faux ? exagéré ? imminent ? hypothétique ? Tout baignait dans le même vacarme d'ambiance. Et, en dépit de la saine fréquentation de mes insectes, je fus moi-même trop longtemps assourdi.

Cela pour dire que nul n'est en droit de jeter la pierre à Clarence. Elle ironisait, ses lecteurs avaient souri. La seule lettre qu'elle avait reçue après la parution de son billet venait d'une dame qui lui demandait les références précises des « fèves du scarabée » et de l'endroit où l'on pourrait se les procurer.

Quant à moi, j'avais surtout trouvé dans le thème traité par ma compagne le prétexte rêvé pour aborder une question qui me tenait à cœur : n'était-ce pas le moment, pour elle et moi, d'avoir un enfant ? J'avais alors quarante et un ans, elle vingt-neuf, nous n'étions pas bousculés par le temps, physiologiquement je veux dire ; la chose gagnait toutefois à être déjà envisagée. Clarence ne discutait pas le principe d'un enfant, encore moins d'un enfant avec moi. Mais elle se disait, à raison, « en pleine ascension » dans son journal, elle avait envie d'écrire et d'être lue, envie et hâte de sillonner le monde. N'y avait-il pas sous tous les cieux des merveilles à dépeindre, de scandaleux abus à dénoncer ? Elle projetait des enquêtes en Russie, au Brésil, en Afrique, en Nouvelle-Guinée... Une grossesse dans l'immédiat aurait été, selon son expression, « un boulet au pied » ; un enfant en bas âge également. Plus tard, promit-elle, lorsqu'elle serait mieux connue et quasiment irremplaçable, elle se permettrait de prendre une année. Pour notre enfant.

Je dus consentir à cet arrangement, en méditant de revenir à la charge dès que j'en flairerais la plus infime opportunité. Je ne pouvais trop bousculer Clarence, mais je devais aussi tenir compte de ma propre impatience.

Je ne sais si beaucoup d'hommes me ressemblent en cela, mais j'ai toujours désiré, même adolescent, porter dans mes bras une fille qui soit de ma chair. J'ai toujours estimé que cela me procurerait une sorte de plénitude sans laquelle mon existence de mâle demeurerait inaccomplie. J'ai constamment rêvé de cette fille, dont j'imaginais les traits et la voix, et que j'avais prénommée Béatrice. Pourquoi Béatrice ? Il doit bien y avoir une raison, mais aussi loin que je remonte dans ma mémoire, je ne découvre en moi aucune racine à ce nom, il est simplement là, comme une fougère éclatée.

Quand, pour la première fois, je l'avais prononcé devant Clarence, elle s'était dite jalouse, en riant fort pour me faire croire qu'elle plaisantait. Mais elle riait mal. Elle venait de comprendre que jamais je ne pourrais continuer à l'aimer si elle me faisait renoncer à ce rêve. Et qu'elle devrait se résigner à cohabiter pour toujours dans mon petit univers avec Béatrice, bien plus intimement qu'avec ma collection de coléoptères.

Désormais, pour moi, les deux femmes allaient faire l'objet d'un même culte amoureux. J'avais résolu, dès que Clarence prendrait l'année promise, d'obtenir moi-même une année sabbatique pour motif de paternité.

Bien avant d'en connaître la date, je l'avais baptisée « l'année Béatrice ».

E

Longtemps encore Clarence dut patienter, et se battre, et parlementer, avant que son journal ne se décide à l'envoyer pour sa première grande mission à l'étranger, vers l'Inde, en l'occurrence, dont elle devait ramener un reportage sur les femmes immolées par le feu. Non seulement celles qu'une tradition cruelle condamnait autrefois à être incinérées aux côtés de leur mari défunt, mais aussi celles, souvent toutes jeunes, que leur belle-famille aspergeait de kérosène pour de sordides calculs d'héritage ; une coutume plus récente et, hélas, non encore disparue. L'enquête devait durer dix jours, avec une dernière étape à Bombay, d'où Clarence allait prendre un vol de nuit, son retour à Paris étant prévu pour six heures le vendredi matin.

La veille, pourtant, alors que je la croyais déjà sur le point d'embarquer, j'entendis sa voix au bout d'une ligne crissante et venteuse qui me demandait, après une hâtive formule de salutation, si je savais où se trouvaient les « fèves » rapportées du Caire.

Posant le combiné, j'allai prendre la boîte dans le tiroir où elle était restée, seule rescapée du grand débarras, et maintenant entourée de lingerie moelleuse et parfumée à l'odeur de Clarence.

— J'aurais besoin que tu me lises la notice d'emploi. Le texte anglais.

Là, tout de suite, au téléphone de Paris à Bombay ?

— Que tu es loin, Clarence, dis-je pour toute protestation.

— Cette nuit, quand tu fermeras les yeux, imagine-moi près de toi, et serre-moi fort. Si tu es seul, je veux dire.

— Promis ! Si je suis seul.

— Et si tu n'es plus seul, avertis-moi, que je cesse de jouer bêtement les épouses fidèles !

Deux rires entendus, un long silence complice. Puis elle revint, sans transition, à sa préoccupation immédiate.

— Si tu pouvais articuler, le plus distinctement possible, et à voix haute. Je vais l'enregistrer pour réécouter au calme.

C'est après m'avoir fait répéter les mots les plus obscurs qu'elle m'annonça sa décision de prolonger quelque peu son séjour, me demandant d'en informer son journal. Ce que je m'empressai de faire le lendemain à la première heure. Muriel Vaast, sa rédactrice en chef, parut surprise et irritée. Clarence l'avait appelée auparavant pour lui annoncer que son enquête était terminée, qu'elle avait un texte de six pages au moins, et des photos jamais vues.

— ... Et à la veille du bouclage, elle fait téléphoner

31

qu'elle ne viendra pas à temps. Ce n'est pas très professionnel, avouez !

— Je suppose, balbutiai-je comme un parent d'élève fautif, qu'elle a dû avoir au dernier moment des éléments nouveaux, importants.

— Je l'espère pour elle !

Moi aussi, je l'espérais pour elle, et m'inquiétais de l'hostilité qui la guettait à son retour. Je n'avais jamais rencontré Muriel Vaast, je ne la connaissais que par la description sommaire qu'en faisait Clarence, « une espèce de gros contremaître en jupons fripés », et je dois dire que ce premier contact téléphonique ne m'avait pas laissé une impression de chaleur humaine excessive. Je savais que ma compagne ne pouvait attendre d'elle ni bienveillance ni complaisance. Mais peut-être qu'en rapportant de Bombay quelque histoire inédite elle parviendrait à forcer son estime.

Je ne compris mon erreur que le mercredi soir, quand je vis des larmes dans les yeux de Clarence, pour la première fois depuis que nous étions ensemble.

Elle était arrivée à Paris en début d'après-midi, un taxi l'avait déposée directement au journal, où se tenait le conseil de rédaction.

Exubérante malgré la fatigue du voyage, elle avait poussé la porte en riant, salué l'assemblée d'une courbette exotique et de deux mains jointes, approché bruyamment un fauteuil, commencé à déballer ses papiers... Seulement pour entendre ce grognement de lassitude :

— Bon, récapitulons ! Vous vous trouvez à Bombay, avec un texte et des photos que nous attendons à Paris, et pour lesquels nous avons bloqué, à votre demande, six pages pleines. Soudain, au tout dernier moment, vous choisissez de bouleverser vos plans et les nôtres. Je suppose qu'il s'est produit un événement exceptionnel. Quel est-il ? Je suis impatiente de le connaître.

Glacée par cet accueil, Clarence n'avait plus guère envie de se justifier. Elle regarda longuement la rédactrice en chef, ses collègues, le plafond, la porte. Hésita. Posa une main sur ses papiers, comme si elle s'apprêtait à les ramasser. Balança encore... Pour se résigner finalement à fournir les explications qu'on exigeait d'elle. A tort, me semble-t-il, car, venant à la suite d'un tel prélude, tout ce qu'elle aurait pu raconter allait forcément paraître futile, plat, dérisoire. Ce qu'elle avait à dire ne révélait d'ailleurs rien de spectaculaire, ni d'exceptionnel. Pourtant, un auditoire bien disposé, imaginatif, un tantinet complice, aurait deviné, sous les propos tâtonnants de ma compagne, les contours ébauchés du drame qui s'annonçait.

Que disait-elle ? Pour meubler ses dernières heures à Bombay, elle avait décidé de flâner le long de Marine Drive, du côté de Chowpatti, où, prise dans la cohue bariolée des promeneurs, elle avait heurté et renversé un étal aux pieds rabattables sur lequel un tout jeune vendeur exposait en piles des boîtes que les passants s'arrachaient. Par curiosité, un peu aussi dans l'espoir de se faire pardonner sa maladresse, elle en avait acheté une, pour découvrir qu'il s'agissait d'une réplique quasiment exacte de celle que j'avais rapportée du Caire l'année précédente, sauf qu'autour de l'image du scarabée s'enroulait celle d'un naja. C'est alors qu'elle m'avait appelé, afin de comparer les notices ; elles étaient, à quelques adaptations près, identiques.

Elle n'aurait sans doute pas prêté une telle attention à cette coïncidence si, deux jours plus tôt, au cours de son enquête, elle n'avait rencontré dans un village du Gujarat une très vieille femme à la peau parcheminée, qui lui avait tenu des propos surprenants. Après s'être lamentée sur le sort de sa petite-fille, immolée dans les semaines qui avaient suivi ses noces, la vieille avait prédit que ce drame ne se reproduirait plus à l'avenir puisque dans le village, et partout alentour, il ne naissait plus que des garçons, comme si les filles, averties des malheurs qui les attendaient, préféraient ne plus venir au monde.

En examinant les boîtes qui portaient, en gros caractères, la pompeuse indication « *family energy miracle* », mais que le vendeur appelait « *boy beans* » par un éloquent raccourci, Clarence s'était tout de suite souvenue de la vieille, de sa voix de pythie haletante s'échappant d'une bouche invertébrée. Intriguée, « inexplicablement secouée », avouera-t-elle, et désireuse d'effectuer un complément d'enquête, elle avait donc choisi de reporter son voyage et s'était rendue, le lendemain, dans une grande maternité de Bombay, dans l'espoir d'y rencontrer quelque gynécologue qui puisse lui dire, tout au moins, si sa perplexité était justifiée.

Le bâtiment était nouvellement repeint, et situé dans un superbe parc impeccablement tenu, rien qui ressemble de près ou de loin aux hôpitaux et aux dispensaires qu'elle avait vus dans le pays jusque-là. On commença par la recevoir comme une maharani. Mais dès qu'elle eut prononcé le mot « *journalist* », et avant même qu'elle ait eu le temps de dire qu'elle venait enquêter sur le déséquilibre des naissances, les sourires s'étaient évanouis ; soudain, plus aucun médecin ne pouvait la recevoir, ni ce jour-là, ni lundi, ni dans les semaines à venir. Une seule personne voulut bien bavarder un moment avec elle, un infirmier abondamment moustachu qu'elle eut la chance de croiser en sortant, tout près de la grille ; il ne s'embarrassa nullement pour lui confier que « cette clinique est très certainement bénie par le Ciel puisque les nouveaunés y sont presque toujours des garçons ».

A ce point du récit de Clarence, le conseil de rédaction était partagé : un tiers de toussoteurs et deux tiers d'hilares. « Nous l'avons, notre « une », lança un confrère charitable. Confidences exclusives d'un infirmier de Bombay : On ne voit plus que des zizis ! »

— Si j'ai bien compris, commenta la rédactrice en chef en fronçant tout de même les sourcils en direction des rieurs les moins retenus, tout est parti d'une constatation : les mêmes capsules se vendent au Caire et à Bombay. Je vous ferai remarquer, à toutes fins utiles, qu'on trouve à Macao, à Taipei, comme dans d'autres cités d'Asie orientale, des centaines de fabricants de baumes, d'onguents, d'emplâtres, d'élixirs, tous réputés miraculeux, à base de pierre lunaire, d'ongles de gorille, de pelures de scarabée, sans oublier les cornes de rhinocéros, qui font l'objet de trafics sordides, juteux et malodorants. Il s'est toujours trouvé des millions d'ignorants pour croire à ces bobards et enrichir les charlatans ; j'espère qu'en ce qui vous concerne, Clarence, il s'agit d'un égarement passager. Nous comptons sur vous pour traiter des questions qui intéressent les femmes, et Dieu sait s'il y en a, et d'importantes, et de passionnantes, et de pathétiques. Mais si vous cherchez à nous refiler des histoires de bonnes femmes, c'est que nous ne sommes plus sur la même longueur d'onde.

Ma compagne aurait pu se défendre, expliquer qu'on se trompait du tout au tout sur ses préoccupations... Mais à quoi bon épiloguer dans pareille atmosphère ? La seule ambition qui lui restait était de ne pas s'écrouler en public tant l'épuisement du voyage accablait à présent ses jambes et ses épaules. Elle sut garder front, bravement, sans un regard suppliant. Mais elle ne dit plus rien. Sa gorge, de toute manière, ne lui obéissait plus.

J'ai écrit qu'elle avait eu des larmes ? C'était la nuit, dans notre lit, dans mes bras, et comme pour conjurer les scintillements du monde. Secoué bien plus qu'elle par ses sanglots muets, je crus bon de lui murmurer à l'oreille, d'une voix de mâle protecteur :

— Laisse couler tes larmes, cette nuit, mais demain tu recommenceras à te battre. On n'est jamais vaincu que par sa propre amertume.

Puis j'ajoutai, avec une naïve solennité que me dictait l'extrême émotion :

— S'il le faut, je t'aiderai.

Elle retrouva la force de sourire, se souleva sur les coudes pour déposer sur mes lèvres un baiser attendri. Et se laissa retomber aussitôt.

— Même si j'ai parlé sous le coup de l'émotion, tu devrais prendre mon offre au sérieux. Je suis persuadé que, par certains aspects, ton métier n'est pas si éloigné du mien.

— Tiens donc, je voudrais bien savoir en quoi un journaliste peut ressembler à un entomologiste. Mais attention, mesure bien ce que tu vas dire. Je t'ai choisi précisément parce que tu appartiens à un univers différent du mien. Si tu réussis à me démontrer le contraire, je te quitte.

Cette fois, elle était bien redressée sur le lit, et mes

joues pouvaient vérifier que ses larmes commençaient à sécher.

— C'est ma conviction, exagérai-je à dessein, que nous faisons, à peu de chose près, le même métier. Je passe une partie de mon temps à observer les insectes, à les décrire, à aligner des noms. Mais ce qu'il y a de plus passionnant dans ma discipline, c'est l'étude de la métamorphose. De la larve à l'insecte, en passant par la nymphe.

» Le mot larve a acquis dans le langage courant des consonances visqueuses. Pourtant, selon l'origine grecque, larve signifie simplement masque. Parce que la larve n'est qu'un déguisement ; un jour, l'insecte quitte son déguisement pour montrer sa vraie image. Et, précisément, comme tu le sais peut-être, le nom scientifique de l'insecte qui a atteint sa forme définitive est « imago ».

» De la larve à l'insecte, de la chenille disgracieuse et rampante au superbe papillon aux couleurs déployées, nous avons l'impression de passer d'une réalité à l'autre ; pourtant, il y a déjà dans la chenille tout ce qui fera la beauté du papillon. Mon métier me permet de lire dans la larve l'image du papillon, ou du scarabée, ou de la mygale. Je regarde le présent, et je discerne l'image du futur, n'est-ce pas merveilleux ?

» Et le journaliste, où donc réside sa passion ? Est-ce dans la seule observation des papillons humains, des mygales humaines, de leurs chasses et de leurs amours ? Non. Ton métier devient sublime, inégalable, quand il te permet de lire dans le présent l'image du futur, car le futur se trouve tout entier dans le présent, mais masqué, mais codé, mais en ordre dispersé.

» N'ai-je pas raison de dire que nous sommes quasiment confrères ?

Si elle ne parvint pas à convaincre Clarence, mon argumentation eut du moins le mérite de la dérider.

Au bout de quelques secondes, elle s'était assoupie, le visage enfoui au creux de mon épaule, me laissant en proie à une insomnie du meilleur cru, je veux dire de celles où les idées se bousculent et s'entrechoquent, où les mystères les plus opaques semblent frappés d'éclairs brefs, comme une grotte prise dans l'orage.

Je n'irai pas jusqu'à prétendre que, cette nuit-là, j'ai tout compris. Je dirai, plus modestement, au risque de paraître confus, qu'en écoutant ma compagne dormir, en respirant sa chaleur moite, en contemplant avec attendrissement les derniers sillons de larmes sur ses joues, j'ai brusquement compris qu'il y avait quelque chose à comprendre. Quelque chose d'essentiel, vraisemblablement. Aussi décidai-je de m'en ouvrir à un être en qui j'avais, depuis fort longtemps, la plus absolue confiance.

F

Je n'ai pas souvenir que Clarence ait jamais rencontré André Vallauris. C'était mon ami le plus proche, mais d'une amitié qui n'aurait pu s'accommoder d'aucune intrusion, fût-elle de la part des femmes que nous aimions.

Notre amitié remontait à la nuit de l'enfance, puisqu'il était déjà l'ami de mon père, et en quelque sorte mon parrain. Je dis « en quelque sorte » parce qu'il ne s'agissait pas de baptême, mais de parrainage dans la vie, un rôle qu'il remplissait avec un singulier mélange de chaleur et de solennité.

Nous avions coutume de nous voir deux fois l'an, le dernier dimanche d'octobre à l'occasion de mon anniversaire, qui tombe le 31, et le premier dimanche de mars à l'occasion du sien, puisqu'il était né, c'est ainsi, un 29 février, espiègle patrie de quelques êtres rares. Nul besoin d'appeler, de rappeler ou de confirmer ; quant à annuler, quant à modifier l'heure ou le lieu... Le jour dit, j'arrivais chez lui à seize heures ; il avait pris soin d'être seul dans le vaste appartement aux murs couverts de boiserie crème et aux couloirs sans fin. Je le suivais, la théière était déjà sur la table, et déjà nos deux tasses fumaient la bergamote auprès de nos fauteuils jumeaux.

Au moment de m'asseoir, je posais, plus près de sa

tasse que de la mienne, un carton de pets-de-nonne achetés chez son pâtissier préféré ; il défaisait le ruban en disant invariablement : « Il ne fallait pas ! » Mais, bien entendu, il fallait, c'était notre habitude, c'était le carburant de nos bavardages. Il y résistait mal d'ailleurs, sauf lorsqu'il n'y avait plus qu'une seule pièce. Qu'il m'offrait. Que je refusais. Et qu'il happait, j'en suis sûr, à l'instant où j'étais parti.

Je ne surprendrai personne en ajoutant qu'André était gros. Le mot juste serait « obèse ». Grand, barbu et obèse. A mes yeux, et sous ma plume, ce terme n'est pas d'emblée péjoratif. Il y a obèse et obèse. André était un obèse épanoui, l'un de ces hommes qui vous semblent avoir prospéré autour d'une silhouette ordinaire par une sorte d'expansion harmonieuse, et qui, dans cette enveloppe, et peut-être pour la démentir, cultivent plus que d'autres le raffinement de l'esprit et des sens.

Mais j'ai un peu honte maintenant d'avoir voulu décrire André Vallauris par une digression sur les pets-de-nonne plutôt qu'à travers les cadeaux que lui-même m'offrait en retour.

Je me souviens en effet qu'à la fin de ma toute première visite, il s'était dirigé vers sa bibliothèque, à l'autre bout du salon. Tous les volumes étaient reliés à l'ancienne et, de loin, se ressemblaient. Il en avait retiré un, qu'il m'avait donné. *Les Voyages de Gulliver*. Je pouvais le garder. J'avais neuf ans, et je ne sais plus si j'avais remarqué, lors de la visite suivante, que l'emplacement du livre était resté vide. Seulement, au fil des années, la bibliothèque s'était émaillée de ces vides, au point de paraître édentée. Pas une fois nous n'avons parlé de cela, mais je finis par comprendre que ces places creuses le resteraient ; que pour lui elles étaient désormais aussi sacrées que les livres ; et que dans ces volumes d'ombre taillés dans le cuir fauve, il y avait tout l'amour muet des hommes et leurs orgueilleux butinages.

Du vivant de mon père, j'ai parfois rencontré André à d'autres occasions, mais alors nos rapports ne différaient en rien de ceux des autres convives, rien qui pût rappeler, même par allusion, « notre » conversation. Ce singulier était de rigueur ; souvent, d'une saison à l'autre, André m'accueillait par un « Où en étions-nous ? » d'imperceptible défi, ou encore par un « Je te disais donc ». C'était un jeu, tout avec lui était jeu. Mais un jeu qui se poursuit la vie entière et qu'aucun rire ne vient débarbouiller ne cesse-t-il pas d'être jeu ? Je pouvais compter sur lui pour maintenir à l'infini cette stimulante ambiguïté.

Sur quoi portait notre conversation ? Souvent sur les livres qu'il m'avait offerts. Ainsi, à propos de *Gulliver*, nous avions longtemps évoqué la sanglante querelle qui opposait les Lilliputiens sur la manière de casser les œufs, par le grand bout ou par le petit bout ; nous avions cherché à énumérer les conflits qui, dans le monde que nous connaissions, pouvaient être assimilés à des querelles entre Grand-Boutiens et Petit-Boutiens. Au gré des livres, les thèmes étaient aussi différents que peut l'être *Don Quichotte* du *Meilleur des mondes* ou de *La Divine Comédie*. Mais il n'y avait pas que les livres, j'avais tout à découvrir, et André possédait cet art antique des maîtres pédagogues qui vous donnent l'illusion d'avoir toujours porté en vous ce qu'ils viennent à l'instant de vous apprendre.

Les dernières années, nous parlions surtout des femmes, du temps, c'est-à-dire de l'âge des êtres et des idées. Nous parlions aussi de ma profession, qui l'intriguait. Et plus souvent encore de la sienne.

Enfant, il rêvait d'être inventeur ; son père voulait qu'il soit avocat. Il avait obéi. Mais pour revenir, par une astucieuse effraction, vers sa passion première : il s'était en effet consacré au droit des techniques nouvelles, une discipline qu'il a d'ailleurs contribué à asseoir. Des cartes magnétiques à la fécondation en laboratoire, des retombées radioactives aux stations orbitales, mille réalités nouvelles avaient donné lieu à des litiges qu'aucun texte de loi n'avait prévus ; « piratage », « plagiat », « propriété », « nuisance » n'avaient plus leur sens habituel ; et même des mots tels que « vie » et « mort » devaient être redéfinis. Pour André Vallauris, chaque affaire était prétexte à d'interminables investigations qui souvent se poursuivaient bien au-delà du procès, et qui n'étaient pas toujours scientifiques ou juridiques ; il y avait parfois, au cœur de ses dossiers, des dilemmes de conscience bien plus lourds, prétendait-il, que dans les procès criminels.

De tous ces aspects de son activité, il m'entretenait, sondait parfois mon sentiment, et je crois bien qu'il en tenait compte. Il va de soi que, pour ma part, j'accordais la plus grande valeur aux opinions qu'il émettait. Toutefois, lorsque j'évoquais devant lui quelque problème qui me tracassait, ce n'était pas toujours pour demander conseil. J'avais une autre motivation, qu'à l'époque j'aurais été incapable de discerner, mais qui, aujourd'hui, m'apparaît évidente et limpide : je pense que tout au long de notre amitié, j'ai « déposé » des idées entre les oreilles d'André, comme on se décharge d'un poids, ou comme on laisse tomber un grain sur un sol familier. Dans sa tête rien ne se perdait, tout cheminait, et quand je croisais à nouveau mon idée, elle avait acquis racines et branches ; souvent aussi elle s'était épurée, à en devenir méconnaissable.

Le hasard des dates avait voulu que je me rende chez mon ami le dimanche qui a suivi le retour de Clarence ; je l'avais déjà entretenu de notre relation ; je lui fis part de notre désir d'avoir une enfant. Puis je m'étendis, plus longuement, sur le voyage de ma compagne en Inde, ses investigations, ses déboires au journal, le tout avec force détails et un certain emportement.

André m'écouta avec son attention coutumière. Demeura pensif quelques instants qui me parurent longs. Puis demanda, du ton le plus sérieux :

— Et si c'était un garçon, tu n'as pas prévu un autre prénom que Béatrice ?

C'était, à coup sûr, la question que j'attendais le moins. Mais cela faisait partie de notre jeu de ne se montrer surpris de rien.

— Non, répondis-je sur le même ton, je n'envisage aucun autre prénom.

Il souleva sa tasse, prit une gorgée de thé. Avant de se lancer dans une tout autre discussion. La parenthèse était fermée.

C'est du moins ce que j'eus la naïveté de croire...

Un mois était passé, et même quelques jours de plus, quand je reçus un pli à l'écriture de Vallauris.

« J'ai voulu t'envoyer ceci. » « Ceci » étant la copie d'une page d'encyclopédie en anglais, où un paragraphe était entouré d'un trait ovale au feutre brun. On y lisait : « Dans les années soixante-dix, à la suite d'une épidémie de rougeole dans certains villages du Sénégal, un brusque déséquilibre a été signalé : il ne naissait plus qu'une fille pour dix garçons ; le même étrange phénomène a été observé par la suite dans d'autres régions du monde. »

Je tendis la lettre à Clarence qui décachetait son courrier à mes côtés. Il devait être neuf heures, et nous étions assis depuis un long moment à la table du petit déjeuner, devant la baie vitrée qui donne sur le Jardin des plantes. C'était l'heure la plus engageante de notre journée, nous ne l'aurions échangée contre aucun lendemain.

— Lis ces quelques lignes. C'est peut-être l'explication de ce qui s'est passé au village de la vieille dame, dans le Gujarat.

Elle prit, elle parcourut.

— Peut-être.

Elle aurait prononcé « peut-être » de la même voix si, par exemple, j'avais exprimé l'opinion que le miel de ce matin-là était meilleur que celui que j'achetais d'habitude. Oui, la même indifférence polie. Sauf qu'elle quitta sa chaise plus tôt que prévu.

— Je vais passer avant toi sous la douche.

En la regardant se sauver, je souris. Elle me faisait penser à une femme à qui l'on aurait rappelé une ancienne liaison, qu'elle ne reniait pas, mais qu'elle n'avait aucun désir de renouer.

C'est à peu près ainsi que j'interprétai la chose, et lorsque André m'expédia une deuxième lettre, dix jours plus tard, j'évitai d'en parler à Clarence. Les envois devaient d'ailleurs se multiplier. Je n'en fus pas autrement surpris. S'il est vrai que Vallauris pouvait passer des années sans m'écrire ni m'appeler, se contentant de nos rituelles rencontres semestrielles, il était déjà arrivé qu'en réponse à quelque préoccupation que je lui avais soumise, il me mitraillât ainsi de pages copiées, à peine annotées. Cela dit, les rares fois où il l'avait fait, ce n'était pas avec un tel

41

zèle. Une cascade ! J'avais déjà reçu dix lettres en trois mois quand je résolus d'en montrer à nouveau une à Clarence.

C'était un entrefilet du *Times of India*, repris dans un journal londonien du dimanche, et rapportant qu'un groupe de médecins indiens avait dénoncé « une odieuse pratique qui se propage, que chacun connaît, mais que personne ne songe à enrayer... Des milliers de femmes enceintes, informées très tôt du sexe de l'enfant à naître, demandent l'avortement si c'est une fille. Certaines cliniques en arrivent à se vanter de ne livrer que des garçons ».

Cette fois, elle manifesta l'intérêt que j'escomptais. Mais son commentaire...

— Ainsi, je m'étais trompée.

— Comment, trompée ?

Je l'aurais secouée par les deux épaules !

— J'étais persuadée que tout ce que j'avais observé en Inde était provoqué par les « fèves du scarabée ». Il s'avère que pour le Gujarat, c'était sans doute une épidémie de rougeole ; et pour la maternité de Bombay, des avortements abusifs.

— Au diable le scarabée ! Ce que je retiens, moi, de tout ce que j'ai lu, c'est que tu étais revenue de ce voyage avec une foule d'informations et d'intuitions que tes collègues n'ont pas prises au sérieux, et qui se sont toutes vérifiées. On est en présence de phénomènes alarmants, qui méritent une sérieuse enquête, en Inde comme dans bien d'autres pays. N'est-ce pas mille fois plus important que nos histoires de « fèves » ?

— Nous ne parlons pas de la même chose. Moi, j'aurais voulu...

Sa voix tomba, comme de lassitude. J'allais profiter de son silence pour la sermonner encore, quand mon regard croisa le sien, et je ne dis plus rien. Il y avait dans ses yeux une gravité — pire, une détresse — que je n'y avais jamais perçue auparavant. Prenant sa main dans les miennes, puis la portant doucement à mes lèvres, d'un geste qui m'était familier, je m'apprêtais à lui demander, avec beaucoup d'égards, ce qui l'affectait à ce point, lorsqu'elle se ressaisit, sourire en coin, comme si elle n'avait pas eu d'autre angoisse que celle de trouver les mots adéquats.

— Ce qui me plaît avec les « fèves du scarabée », c'est qu'elles me permettent de désarçonner galamment tous les misogynes. Mais pour rien au monde je ne voudrais me fourvoyer dans l'éternel débat sur l'avortement.

» Certains mots, vois-tu, dès que tu les prononces, c'est comme si tu versais une goutte de citron dans un verre de lait chaud. Tout de suite, le caillot se forme, le petit-lait se sépare. Dis « avortement », et les gens se cabrent, ils retrouvent des réflexes, des tropismes. Tu as beau apporter des nuances, on ne t'écoute plus, tu dois choisir en vitesse ton côté de la barricade. Les uns te classent avec les « bigots » ; les autres avec les « éventreurs ». Pourtant, dans mon esprit, les « bigots » ne valent pas mieux que les faiseurs d'anges : n'ont-ils pas inventé le péché originel, qui dit que la femme est la cause de tous les malheurs, et que sans sa cupidité, sa stupidité, l'humanité serait encore au paradis ? N'ont-ils pas inventé que c'est la femme qui est née de la côte de l'homme et que Dieu qui, en bonne logique, aurait dû être pour les créatures à la fois père et mère, était seulement père ?

» Depuis des millénaires, on n'a cessé de faire l'éloge du mâle, l'humanité entière a souhaité ne voir naître que des garçons. Et aujourd'hui, miracle, le vœu peut se réaliser. On peut enfin évacuer les filles avec l'eau sale. Qui s'insurge ? Les bigots. Alors que, parmi les partisans de l'égalité des sexes, certains préfèrent détourner leurs regards...

» Et tu voudrais que je me précipite dans ce débat de fous !

G

Prenant en compte l'état d'esprit dans lequel ma compagne s'était retranchée depuis son retour de voyage, je me gardai bien de lui faire lire les autres envois de Vallauris, d'autant qu'ils se rapportaient à des événements remontant, pour la plupart, au début des années quatre-vingt-dix. Moi-même n'y jetais plus qu'un œil avant de les ranger, par égard pour mon ami et par acquit de conscience, dans une chemise plastifiée.

Mais quand vint la date de ma visite rituelle à André, je m'imposai de relire le tout de plus près. J'avais un peu honte de ce « bachotage » de gamin, mais il arrivait à mon parrain de se montrer fort inquisiteur. Courtois, amical, et cependant implacable. Depuis mon enfance, chaque fois qu'il m'offrait un livre, il présumait qu'avant la prochaine rencontre, je l'aurais lu de près, « lente-ment », recommandait-il, « et sans crayon, on se décharge trop souvent par un gribouillis illisible de ce qui devrait rester planté là » ; et il appuyait l'index pesamment sur le front. Il aurait aisément compris que, dans l'intervalle, je n'aie rien feuilleté d'autre. « Si en vingt ans tu as lu, ce que j'appelle lu, quarante vrais livres, tu pourras regarder l'univers en face. »

J'avais donc lu, « ce que j'appelle lu », c'est-à-dire relu et ruminé, sa dizaine d'envois.

— Je serais curieux de savoir ce qui, de tout ce que je t'ai fait parvenir, a retenu le plus longuement ton atten-tion.

Ce fut par ces mots qu'André m'accueillit à la porte. Je lui fis donc part, dès que nous nous fûmes assis à nos places habituelles, de ma discussion avec Clarence. Avant de préciser :

— Dans l'ensemble, j'ai l'impression d'avoir entre les mains une étrange charade. Je ne sais pas si les syllabes sont dans l'ordre, et je ne sais pas non plus s'il y a une réponse au bout.

— Si nous nous étions vus dimanche dernier, je t'aurais avoué la même perplexité. Je n'avais fait que gla-ner, au flair, à l'instinct. Mais jeudi, je me suis réveillé avec une idée têtue, et j'ai passé la journée en bibliothè-que, à naviguer parmi les colonnes de chiffres, parmi les taux qui se répétaient page après page, et qui ne variaient que loin derrière la virgule. J'étais sur le point de renon-cer quand j'ai vu, sur un présentoir, une étude sur la population de dix grandes villes du pourtour méditerranéen, parmi lesquelles Le Caire, Naples, Athènes et Istanbul. Ici encore, des chiffres à en oublier l'alphabet, mais également de longs passages de commentaire. Les auteurs y écrivent en toutes lettres qu'ils ont constaté partout une progression sensible des naissances masculines et un déclin « significatif » des naissances féminines. D'habitude, il naît en moyenne cent cinq garçons pour cent filles ; les chiffres de l'enquête donnent, pour cent filles, de cent douze à cent dix-neuf garçons, selon les villes. Rien de spectaculaire aux yeux d'un profane, mais s'il faut en croire les auteurs, c'est un écart sans précédent à une si grande échelle.

» S'agit-il d'un phénomène semblable à celui qu'ont dénoncé les médecins indiens ? Je suis loin de connaître le fin mot. Du moins, je sais depuis jeudi qu'une énigme existe, et qu'elle harcèle d'autres cerveaux que le mien.

Je n'avais encore jamais quitté André avec une telle sensation de faim inassouvie. D'ordinaire, en écoutant la porte se refermer sans hâte derrière moi, avec le glas feutré des mécaniques qu'on entrave, je marchais pensif, absorbé, mais d'un pas détaché, qui flotte plus qu'il ne pèse. Ce n'était pas à cause de tout ce que mon parrain m'apprenait ; j'avais d'autres accès à la connaissance. J'enviais moins son érudition que cette aisance à passer d'un domaine à l'autre, survolant d'un œil d'aigle les problèmes du monde.

Qu'on ne me fasse pas l'affront de croire que je me laissais berner par son art de la parole, ou par des effets de manches d'avocat ; nos rencontres n'étaient pas de cette étoffe-là. Simplement, je dirai, sans sourire, qu'André avait l'intelligence de son poids, je veux dire cette espèce de conviction volumineuse, énoncée sans fausse pudeur, que tout, dans ce monde, les lois, les sciences, les religions, les États, a été fait par des hommes comme lui, comme moi, et que tout, en conséquence, pouvait être jugé, raillé, défait, refait. « Nous ne sommes pas des invités sur cette planète, elle nous appartient autant que nous lui appartenons, son passé nous appartient, de même que son avenir. »

Ces convictions-là n'étaient pas de mon tempérament.

J'ai toujours eu un sens aigu de mon insignifiance, je le dis, moi aussi, sans fausse pudeur ni honte, je n'ai pas ouvert les yeux sur le monde en méditant de le bouleverser, je ne suis pas un faiseur de lois, tout juste un observateur, trop heureux de déceler quelque alinéa oublié dans les lois de la zoologie ; trop heureux aussi de jouer, en tant qu'individu parmi les milliards de mon espèce, le jeu de la survie et de la reproduction, dans les limites de mes forces, et du temps qui m'est imparti. Dans ma discipline, on acquiert un sens aigu de l'éphémère et on apprend à s'y résigner.

En raison même de cette approche divergente, la fréquentation de Vallauris m'était salutaire. J'ai sans cesse puisé auprès de lui ma dose d'aplomb. Le lendemain de nos rencontres, je reprenais mes travaux avec une rageuse envie d'aboutir.

Pas cette fois. Je m'étais éloigné au contraire avec le sentiment de fuir. J'étais resté aussi longtemps que d'habitude, jusqu'à l'avant-dernier pet-de-nonne, trois rondes heures, mais je n'avais fait, en vérité, que de la figuration. André m'avait lancé dix appels à l'aide, à sa manière, fière, hautaine, dix envois dont aucun n'avait suscité chez moi une curiosité vraie. Sur aucun point, je n'avais entamé la moindre recherche, formulé la moindre réflexion inattendue, et au cours de notre rencontre, je m'étais contenté d'observer mon ami, de jauger ses tâtonnements, ses hésitations, alors que c'était moi qui l'avais sollicité. Je savais bien qu'il trouvait du plaisir dans les investigations, mais cet après-midi-là, il y avait plus que de l'excitation intellectuelle, une certaine angoisse et un sens de l'urgence qui s'accordaient mal avec l'image que j'avais de lui.

Ma première explication, sur le moment, fut mesquine : l'âge. André avait soixante et onze ans ; il avait cessé de plaider depuis longtemps, mais il n'avait renoncé que tout récemment à son cabinet. J'ai souvent critiqué chez mes semblables leur propension à considérer les autres classes d'âge comme des cas particuliers, chacun étant, pour soi-même, à tout âge, le cas général, le siège permanent de la normalité. Je critique, je m'insurge, je raille ; mais je dois admettre que je ne suis pas à l'abri de ce travers. Ce jour-là, j'étais d'humeur à me contenter d'une aussi sommaire explication. Ainsi rassuré à bon compte, je me promis cependant de consacrer plus de temps aux futurs envois d'André. Et de lui envoyer moi-même, de temps à autre, quelque coupure de journal.

Si mon temps le permettait. Car j'étais plongé à l'époque dans la préparation d'une conférence publique. La date annoncée était le 8 décembre, nous étions déjà en novembre, et je n'avais pas écrit la première ligne.

Pas par désinvolture, oh non ! Par excès d'enthousiasme. Je m'étais tellement éparpillé dans les recherches que le temps d'écrire s'en était trouvé constamment repoussé. Le thème de ma conférence — Dieu que cela paraît irréel, maintenant, mais je tiens à en dire un mot, ne serait-ce que pour illustrer à quel point mon esprit pouvait être éloigné de mes soucis ultérieurs — le thème, dis-je, pourrait se résumer ainsi : l'automobile, après avoir copié à ses débuts la voiture à cheval, s'est mise à imiter l'allure des coléoptères — hannetons, cétoines, coccinelles — aussi sûrement que l'hélicoptère s'est inspiré de la libellule ou du frelon. Futile, dira-t-on ? Je m'étais pourtant laissé absorber des mois par cette recherche, j'en tirais d'infimes plaisirs qui me comblaient ; il ne s'agissait pas seulement de science, mais d'art, de stylisme et de mœurs ; j'avais préparé des couples de diapositives, pour montrer la ressemblance entre certaines voitures et l'insecte qui a, ou aurait pu, leur servir de modèle ; j'avais même trouvé un film, pris des airs, montrant la vie quotidienne dans une grande ville moderne ; elle paraissait exclusivement peuplée par des colonies d'insectes métalliques.

Tout était donc prêt, sauf l'essentiel, le texte de la conférence. Aussi m'étais-je réservé un dimanche à la mi-novembre, un dimanche où Clarence avait prévu d'aller voir ses parents à Sète, pour m'enfermer, du matin au soir, et rédiger. Debout à sept heures, j'avais vaillamment sacrifié le petit déjeuner, me contentant d'une cafetière spartiate sur ma table de travail. Avant huit heures, j'étais au poste, j'avais déjà écrit onze fois le premier paragraphe, et onze fois je l'avais déchiré, lorsque à neuf heures — il ne pouvait qu'être l'heure pile — Vallauris m'appela.

— J'ai une idée, pour notre enquête. Si, par chance, tu avais un moment dans la journée...

Comment dire non ? Sa démarche était si exception-nelle. En raccrochant, je lançai vers mes feuilles toujours blanches un regard de jubilante désolation, le regard hypocrite du potache qui se lamente d'avoir été dérangé au moment où il entamait son devoir, tout en bénissant lâchement le ciel pour cette providentielle diversion.

Quand j'arrivai en voiture dans sa rue, André était en bas à m'attendre, équipé d'un long cache-nez blanc. L'hiver était précoce cette année-là.

Il monta près de moi.

— Si, au retour de cette excursion, tu avais le senti-ment que j'ai bouleversé ta journée sans raison suffi-sante, ne me le dis pas, je me vexerais, mais excuse-moi dans ton cœur.

Je me drapai de mon sourire le plus filial.

— De quel côté allons-nous ?

— Vers Orléans. Un ami nous attend, un très vieil ami. Nos familles étaient réfugiées en même temps à Genève, pendant la seconde guerre. Nous étions deux jeunes gar-çons passionnés de recherche scientifique. Mais lui, son père ne tenait pas à ce qu'il soit avocat.

» Nous nous sommes peu vus, ces dernières années, il a surtout vécu et travaillé en Californie. Maintenant il coule une retraite paisible près d'Orléans, dans un manoir, entouré de ses arbres, de ses livres, de ses petits-enfants — le bonheur terrestre ! Il a consacré sa vie à l'amélioration génétique des plantes. Il n'a rien décou-vert de spectaculaire, rien qui porte un nom prononç-able, mais certaines poires que nous croquons lui doivent — pour la chair, la peau, l'arôme — à peu près autant qu'à la nature. Sa discipline est des plus gratifiantes, puisqu'on courtise les fleurs et les fruits, puisqu'on peut goûter soi-même à ce que l'on a inventé. Cependant il faut des saisons de patience et d'ingéniosité.

» Tu le devines, ce n'est pas pour parler des plantes que nous allons le voir. Ah, c'est une délectation de chaque moment quand il s'y lance ! Mais il n'est pas de ceux qui idolâtrent les cloisons, il accouple volontiers les disciplines pour contempler leurs fruits hybrides. Hier, au téléphone, je lui ai parlé de mes observations. Je suis sûr que ses réactions t'intéresseront. Car c'est un savant, un vrai. Pas comme moi un simple fouineur.

H

J'ai parlé tantôt des automobiles et de la ressemblance que je leur trouvais avec les insectes ; j'aurais dû commencer par dire la même chose à propos des humains. Il ne s'agit nullement de ces prétendues ressemblances morales que les fables ont popularisées et qui nous font comparer tel ou telle à une fourmi, une cigale, une abeille, une fine mouche ou une mante religieuse. Je ne parle, quant à moi, que de ressemblance physique.

J'ai en effet la manie d'accoler à toute personne que je rencontre l'étiquette d'un insecte dont elle me rappelle l'aspect. Ainsi — et c'est la raison de cette digression passablement frivole — l'ami d'André a tout de suite évoqué pour moi un agrion jouvencelle aux antennes démesurément aplaties... Je n'ai aucune honte à l'écrire, puisque je le lui ai dit, quelques années plus tard, et qu'il a ri en me demandant de lui montrer la bête sosie. A cette occasion, je lui avais expliqué que je souffrais d'une incapacité maladive à reconnaître les gens ; qu'il m'est déjà arrivé de croiser dans la rue un collègue que je voyais tous les jours au Muséum, mais dont la tête ne me disait soudain plus rien parce que je le voyais hors de son milieu habituel, sans tablier blanc, accompagné de femme et enfants ; et qu'avec mes étudiants, ma mémoire était si sélective qu'elle en devenait facétieuse : j'étais capable de me souvenir, dix ans plus tard, des détails d'une conversation que j'avais eue avec l'un d'eux, et des opinions qu'il avait émises, sans me tromper aucunement sur le nom de la personne ; mais j'aurais pu rencontrer ce même étudiant dans la rue une heure après notre conversation sans le reconnaître. Comme si les gens avaient, à mes yeux, des

49

traits intellectuels et moraux parfaitement identifiables, tandis que leurs traits physiques demeuraient indistincts.

Après m'être fait de la sorte un nombre incalculable d'ennemis, j'ai décidé un jour de recourir à une méthode mnémotechnique de mon cru. Ayant remarqué que je ne me trompais jamais sur les traits spécifiques des coléoptères, au point de distinguer du premier coup d'œil des nuances infimes que d'autres ne voient qu'au microscope, et cela pour des milliers d'espèces ; ayant également remarqué que tout être humain a des traits qui permettent de le rattacher à une espèce déterminée d'insectes ; la solution, de ce fait, était toute trouvée : à chaque individu j'accolai désormais une sorte de nom codé à usage personnel... On n'est pas obligé de me croire sur parole, mais c'est ainsi que je parviens à reconnaître ma pharmacienne si je la croise dans la boulangerie.

Pour en revenir à l'ami d'André, je n'ai pas encore dit qu'il s'appelait Emmanuel Liev. A l'époque, il était quasiment inconnu. Je me souviens encore de ses premiers mots d'accueil.

— J'aurais voulu vous montrer les arbres qui vieillissent en ma compagnie, mais notre espèce est frileuse, surtout la variété Vallauris ; tiens, André, je te verrais bien hiberner dans un fauteuil, de novembre à mars. Mais peut-être ne devrais-je pas te parler ainsi devant ton jeune compagnon. Excusez-nous, cher monsieur, j'ai connu André quand il avait douze ans, j'en avais quatorze, je lui disais « petit », pour l'agacer, et j'ai toujours conservé l'avantage.

Que je me sente adolescent entre mes deux aînés, quoi de plus naturel ? Mais c'est mon regard vers André qui dut paraître étrange. Il était là, béat, muet, tassé, ramassé, comme rétréci, et en le fixant, je découvrais soudain l'enfant, le « petit » dont parlait son ami, je le découvrais comme si je n'avais jamais pu soupçonner qu'André ait pu être un enfant, et même un nourrisson langé, l'ayant toujours vu sur son fauteuil comme sur un socle, sorte de sphinx intemporel. Quelques tapes cavalières avaient suffi pour que sous la carapace adulte réapparaisse le lardon.

C'est seulement après que nous fûmes entrés, qu'il se fut débarrassé, puis laissé tomber dans le plus ample fauteuil, que la vision se dissipa, pour que revienne l'image familière.

Emmanuel Liev oublia aussi les gamineries genevoises, sa mimique hilare s'apaisa en un sourire réfléchi. Entre les sourcils, deux rides de sagesse. Commençant à parler, il s'adressa surtout à Vallauris, quoiqu'il fît voyager poliment son regard de l'un à l'autre.

— J'ai un peu promené dans ma tête depuis hier tous les faits que tu as rassemblés, et je crois bien que tes préoccupations rejoignent certaines de mes plus vieilles inquiétudes. Nous guettons le même mal, bien que nous n'ayons pas nécessairement la même lecture des symptômes.

» Prenons ces fameuses « cliniques à garçons » dénoncées par les médecins de l'Inde ; la chose est grave, et déjà ancienne puisqu'elle remonte aux années quatre-vingt. Nous sommes en présence d'un dilemme moral pour les médecins, les parents, et aussi pour les autorités, puisqu'une telle pratique, aussi abjecte soit-elle, est souvent parfaitement légale. On détecte ; c'est une fille : on avale une pilule abortive. Ni la mère ni le médecin n'avoueront que c'est là pure discrimination sexuelle, on se prétendra, au contraire, défenseur du droit de la femme à choisir. Dilemme moral, donc, mais sans grande incidence, jusqu'ici, sur les chiffres de population. Détecter suffisamment tôt, et avec certitude, le sexe du fœtus est aujourd'hui possible, mais la méthode demeure coûteuse. Elle ne s'est généralisée que dans les pays riches ; dans les autres, elle ne concerne encore qu'une mince frange de la population urbaine, la frange la plus aisée et la plus instruite. Parmi ces femmes, qu'il s'agisse, encore une fois, de la masse des pays riches ou de l'élite des pays pauvres, on peut supposer que la grande majorité veut connaître le sexe de l'enfant par légitime curiosité, simplement pour savoir, pour annoncer éventuellement au père « ce sera une fille », ou « un garçon », ou « des triplés ». Mais combien sont tellement acharnées à avoir un enfant de tel sexe et pas de l'autre qu'elles iraient jusqu'à l'avortement, même s'il était facile, légal, même s'il n'était pas contraire à leurs convictions ? Bien peu, me semble-t-il. Du point de vue moral, le dilemme est le même ; mais si l'on parle des chiffres de population, je doute que ce soit déjà significatif. Je sais que je n'ai pas de preuves en main, je lance à la légère des mots comme « majorité », « beaucoup », ou « bien peu »... J'ai cependant l'intime conviction, comme disent les juges, que le danger est ailleurs.

Arriva, poussant un chariot de verre, une dame âgée, élégante et encore si gracile qu'on n'imaginait pas qu'elle ait pu l'être davantage dans sa jeunesse. Irène Liev. André lui baisa la main puis, après un rire, les deux joues.

— Je vous ai préparé des assiettes. Je me suis dit que vous remarqueriez moins ainsi la frugalité du menu. J'ai aussi apporté ce vin.

Elle s'assit à côté d'Emmanuel, qui posa verre et assiette sans y goûter.

— Nous allons commencer vous et moi, enchaîna-t-elle, le vieux ne sait ni boire ni respirer quand il parle.

Le « vieux » lui entoura le poignet d'une main calleuse et attendrie.

— Je disais que le danger est ailleurs. Pendant quelque temps, je me suis persuadé qu'il résidait dans un autre fait qui t'a intrigué, André. Une épidémie de rougeole, quoi de plus banal en Afrique dans les années soixante-dix ? Peu de victimes, peu de séquelles, aucun écho dans les médias. Mais pour quelques scientifiques, un ouragan !

» On avait constaté en effet que les femmes touchées par l'épidémie ne donnaient pratiquement plus naissance qu'à des garçons. On a glané d'autres observations, dans divers pays, pour toutes sortes d'épidémies, et l'on a un peu mieux compris le phénomène. Je ne suis pas suffisamment qualifié pour vous l'expliquer dans le détail, mais l'idée de base, c'est qu'une femme, au moment de combattre la maladie, développe des anticorps qui s'en prennent au fœtus qu'elle porte, comme s'ils le confondaient avec un virus. Ils le rejettent dès qu'il est formé, et sélectivement, certains — comme avec cette rougeole africaine — s'acharnant sur les filles, d'autres sur les garçons. Une femme pourrait donc, en théorie, être immunisée contre les filles et ne plus avoir que des garçons, ou l'inverse. Les recherches se sont poursuivies, et il semble qu'à un moment donné une équipe se soit mis en tête de fabriquer un vaccin. Oui, un vaccin — une injection, une scarification, peut-être même un comprimé. Pour être sûr d'avoir un garçon, on se « vaccine » contre les filles, et aucun fœtus féminin ne peut plus se développer.

» Mais permettez-moi de revenir un instant sur ces « cliniques à garçons ». Je vous ai dit que leur danger était amoindri par le fait qu'elles utilisent une technique coûteuse, et aussi parce que les personnes déçues par le sexe qu'on leur annonce hésitent généralement à aller jusqu'à interrompre la grossesse. Mais si ce vaccin était fabriqué, répandu, généralisé, la détection ne serait plus nécessaire, et on n'aurait plus l'impression d'avorter. Ce serait comme une contraception sélective. Dans certains pays, dans certains milieux, l'équilibre des sexes n'en serait pas gravement bouleversé ; mais sur l'ensemble de la planète, ce serait un cataclysme. Je n'ose même pas imaginer les conséquences.

Il se tut. Demeura quelques instants méditatif. Prit une toute première gorgée de vin. Avant de retrouver un semblant de sourire.

— Fort heureusement, la recherche a piétiné. D'insurmontables difficultés techniques, m'a expliqué un collègue. Peut-être seront-elles un jour aplanies, pour notre plus grand malheur. Mais enfin, j'ai la quasi-certitude que le vaccin n'a pas été fabriqué, et n'est pas près de l'être. Depuis un an, je suis rassuré sur ce point. Seulement, j'ai d'autres sujets d'angoisse.

Il posa son regard au fond de son verre, comme s'il voulait y lire l'avenir.

— L'idée de ce vaccin anti-filles était déjà monstrueuse, mais une idée plus monstrueuse encore a germé dans quelques cerveaux.

» Tout est parti d'une expérimentation apparemment bénigne sur les bovins. On a découvert, il y a plusieurs années déjà, qu'il était possible, lors d'inséminations artificielles en laboratoire, d'agir sur le sperme des taureaux pour favoriser, au choix, les naissances mâles ou femelles ; une méthode parfaitement applicable, d'ailleurs, à d'autres espèces, dont la nôtre. Puis l'on s'est demandé s'il n'y aurait pas un moyen d'intervenir directement sur l'animal en lui inoculant une substance qui modifierait sa progéniture. Les recherches ont progressé relativement vite. Une substance a été mise au point, qui augmente considérablement la puissance des taureaux et leur fertilité, qui « dope », en quelque sorte, les spermatozoïdes responsables des naissances mâles, au point de rendre extrêmement improbable toute naissance femelle.

» Le résultat allait à l'encontre de celui qu'on souhaitait, puisque l'idée de départ était plutôt d'aider les éleveurs à obtenir un plus grand nombre de vaches, plus rentables à cause des produits laitiers et de la reproduction. La plupart des chercheurs ont donc jugé qu'il fallait ranger la découverte sur quelque étagère, d'autant que les bêtes traitées devenaient dangereusement agressives. Mais quelques malins se sont dit qu'on pourrait la rentabiliser, notamment dans la tauromachie. Et même adapter la substance à d'autres espèces d'animaux de combat, comme les chiens ou les coqs.

» Et pourquoi pas, un jour, les hommes ? Non seulement pour fabriquer des monstres du ring, mais — comme avec le « vaccin » — pour satisfaire, chez des centaines de millions de familles, cette ancestrale envie, cette « obligation » d'avoir un fils.

» A ce stade, et avant que ce projet ne soit mené trop loin, quelqu'un est intervenu. Certains biologistes se seraient émus, dit-on, ils auraient alerté des savants réputés, des académiciens, des évêques, des hommes politiques, je vous donne tout cela au conditionnel parce que je ne sais que des bribes, je ne connais pas les noms, ni même le pays où était situé le laboratoire, quoique j'aie mon idée là-dessus. Mais peu importe. L'essentiel, c'est qu'une décision a été prise, et appliquée en douce. Le projet a été interrompu, les fonds affectés à autre chose, et l'équipe dispersée.

» Depuis, chaque fois que j'entends parler de ces questions de natalité sélective, mes oreilles se dressent. Car les connaissances existent, les acheteurs potentiels sont innombrables, et l'appât du gain aveugle tant de nos congénères. Comment ne pas s'inquiéter ?

— A vous entendre, la chose paraît inéluctable.

Emmanuel Liev profita de ma remarque hagarde pour avaler une autre bruyante gorgée de rouge. Avant de secouer la tête.

— Mon ami André vous dira comme moi que toutes les monstruosités sont possibles, mais qu'aucune n'est inévitable si l'on y prend garde. Pour répondre plus directement à votre question, il est vrai que, du point de vue strictement technique, cette maudite substance pourrait sans doute être fabriquée aujourd'hui, et peut-être même depuis le milieu des années quatre-vingt-dix. Un jour, j'en suis persuadé, elle sera effectivement disponible. Le tout est de savoir quand. Le tout est de savoir si cela interviendra à un moment où les hommes et les femmes seront mûrs pour l'utiliser de manière responsable. Qui suis-je, direz-vous, pour traiter ainsi mes semblables en mineurs ? Je vous répondrai que je suis un vieux bouc de soixante-treize ans, et qu'au fil des années j'ai eu l'occasion d'observer comment l'humanité utilise les moyens les plus modernes au service des causes les plus éculées. On se sert des armes de l'an 2000 pour régler des conflits qui remontent à l'an 1000. On découvre une formidable énergie dans l'atome, on en fait des champignons exterminateurs. Et cette « substance », si elle était fabriquée, ne serait-elle pas le fruit de longs travaux avec des techniques de pointe ? Et à quoi servirait-elle ? A éliminer sur les cinq continents des millions et des millions de filles, parce qu'une tradition stupide née à l'âge du gourdin veut que la famille se perpétue par les fils. Une fois de plus, l'instrument moderne au service d'une cause surannée.

» Oui, je sais, les mentalités évoluent à l'instar des techniques, elles s'entraînent et se suivent. Mais les unes et les autres n'avancent pas toujours au même rythme. Parfois, quand il y a danger, il faut essayer de ralentir la marche des techniques, ou leur prolifération. En 1945, dès que la bombe atomique est devenue opérationnelle, on l'a utilisée avec la plus parfaite inconscience ; elle a fait des centaines de milliers de victimes sans modifier l'issue de la guerre, tout au plus a-t-elle abrégé de quelques mois la bataille dans le Pacifique. Si elle avait été disponible en 1943, Hitler l'aurait utilisée contre Londres, puis contre Moscou, New York et Washington, le cours de l'Histoire en aurait été bouleversé, et nos familles, mon pauvre André, n'auraient même plus été à l'abri en Suisse. Je n'énonce ici aucune vérité nouvelle ; je veux seulement insister sur le facteur temps. J'aurais voulu que la bombe ne soit jamais fabriquée, ou alors dans deux cents ans ; mais je suis heureux qu'elle ne soit pas venue deux années trop tôt. J'apprécie également qu'elle demeure une technologie lourde, coûteuse, et si prolifération il y a, qu'elle soit la plus lente possible. C'est la même chose pour cette maudite substance. Si elle ne se répand que dans trente ans, j'ose espérer que l'humanité saura ne pas en abuser. Mais aujourd'hui ? Vous voyez un peu le monde où nous vivons !

J'avoue qu'à l'époque je ne devinais que très vaguement à quoi il pouvait faire allusion ; je lançai un regard furtif à André, qui hochait la barbe d'un air accablé ; ensuite à Irène Liev, qui demanda :

— N'aurait-on pas dû intervenir plus tôt pour couper court à une recherche qui, à l'évidence, tendait vers ce résultat désastreux ?

— Ce sont des choses que l'on dit après coup ; au moment même, aucun scientifique n'a envie que des autorités, quelles qu'elles soient, viennent humer ses éprouvettes. Notre jeune ami te le confirmera. Et puis, la recherche elle-même n'est pas en cause. On n'enlève pas les quatre roues d'une voiture pour éviter qu'elle ne dérape. N'est-ce pas plus simple de changer sa façon de conduire ?

» Laissez-moi prendre un exemple dans ma discipline, il y a, parmi mes collègues, un homme qui a consacré vingt ans de sa carrière à créer des variétés de pommes plus lourdes, toujours plus lourdes, mais sans saveur, et de moindre valeur nutritive que celles qu'on a l'habitude de consommer, et dont le seul mérite est de faire gagner plus d'argent aux cultivateurs les moins consciencieux.

» J'ai une autre collègue, une Vénitienne, qui a réussi

au bout de trente années d'essais à doubler le volume d'une certaine variété de riz tout en concentrant sa teneur en vitamines ; si bien qu'aujourd'hui, près de deux cents millions d'humains ont amélioré leur alimentation grâce à elle.

» Ces deux chercheurs ont étudié dans les mêmes livres, et utilisé les mêmes découvertes fondamentales, les mêmes techniques. Seulement, ils n'en ont pas fait le même usage.

I

De retour à Paris, ce soir-là, je m'installai sans tarder à ma table de travail, non pour reprendre la rédaction de ma conférence, mais pour transcrire mot à mot les paroles de Liev avant que ma semaine agitée ne vienne les défraîchir. Je ne pensais pas, à l'époque, que j'écrirais un jour ce livre de souvenirs ; je voulais seulement présenter à Clarence, sur papier, des éléments qui pourraient servir à son enquête. Ne lui avais-je pas promis ma confraternelle assistance ?

Quand elle rentra de Sète, vers minuit, sa réaction fut celle que j'espérais, jusqu'au dernier battement de cils. Tenant les feuilles à pleines mains, au risque de les froisser, elle se mit à arpenter la chambre, pieds nus, sous mon regard embusqué. Puis elle prononça simplement : « Cette fois ! » Avant de se jeter à plat dos sur la diagonale du lit.

Cette fois, oui, il y avait ample matière à enquêter. Il manquait certes des noms, des lieux, des dates, mais la tâche ne l'effrayait pas, elle remonterait les filières, délierait les langues, subtiliserait des documents, si nécessaire. Au journal, certaines mines allaient s'assombrir !

C'est à cela que vous pensiez, me dira-t-on ? à la revanche que prendrait Clarence sur les rieurs du journal ? Et le péril lui-même ? Et les millions de filles qui seraient interdites de naissance, victimes de la « substance » discriminatoire ? Bien sûr, j'y pensais, mais n'eût-ce été pour ma compagne, je ne me serais pas imposé l'effort de transcrire trois heures d'entretien. Les frayeurs exprimées par Liev, et auxquelles Vallauris semblait adhérer, m'avaient paru, si j'ose dire, plus vénérables que redoutables. Tout cela procédait, selon toute apparence, de l'échafaudage intellectuel, un dimanche d'honnête homme dans un manoir de l'Orléanais. Nous aurions pu parler de l'atome, de la drogue, de l'épidémie ou du réchauffement de la banquise, en termes tout aussi alarmants, j'aurais été intéressé, intrigué, ému, perturbé ; sans que je me sente nécessairement plus concerné que des milliards de mes semblables. Je n'irai pas jusqu'à dire que la carrière de ma compagne m'importait plus que le sort du monde, mais je me comportais comme si c'était le cas. Qui me jettera la pierre ? Les insomnies des autres sont-elles moins mesquines ?

La rédactrice en chef ne fut pas enchantée d'entendre à nouveau parler d'un sujet qu'elle avait cru définitivement enseveli sous les rires. Cependant, elle devait tenir compte des éléments nouveaux qui semblaient justifier l'entêtement de Clarence.

— Nous prendrons une décision lundi prochain, en conseil de rédaction. Auparavant, et pour que nous soyons sûres de ne pas nous fourvoyer l'une et l'autre, j'aimerais que vous alliez voir Pradent.

Ai-je besoin de présenter Pradent ? Sans doute aujourd'hui l'a-t-on quelque peu oublié, mais en ce temps-là, il était si connu, si omniprésent, et depuis si longtemps, que son nom avait fini par se suffire à lui-même. Je crois bien qu'il avait connu un bref passage au gouvernement, mais il faudrait éplucher les listes pour savoir quand, et pour quel portefeuille. A l'époque dont je parle, il présidait quelques comités, quelques associations, et « conseillait » le journal de Clarence, dont il était un important actionnaire. Un homme de pouvoir, et un faiseur d'opinion.

Ma compagne voulait bien le rencontrer — avait-elle le choix ? — mais la veille du rendez-vous, elle était passablement hérissée. Elle aurait affronté n'importe lequel parmi les grands de ce monde avec aisance tant qu'il était dans son rôle et elle dans le sien ; mais en se rendant chez Pradent, elle avait l'impression de venir vendre sa camelote. Cela lui déplaisait et, de plus, elle ne s'estimait pas suffisamment compétente sur le sujet. Je lui proposai de l'accompagner, puisque j'avais parlé directement avec Liev ; elle balaya mon offre d'un haussement de ses fières épaules...

Pradent se montra affable, rassurant, et laissa sa visiteuse exposer son sujet d'enquête sans l'interrompre, se contentant de l'encourager de temps à autre par un hochement entendu. Elle parla avec rigueur, évitant toutefois de citer nommément Liev ou Vallauris, et sans mentionner non plus le mot « scarabée », de peur qu'il ne soit prétexte à quelque sarcasme. Mais Pradent avait été informé.

— Muriel Vaast m'a dit que vous aviez en votre possession certaines capsules égyptiennes.

— Les « fèves du scarabée ». Je ne vous en ai pas parlé, parce que rien ne prouve qu'elles aient un lien avec cette affaire.

— Sait-on jamais ! Comment dites-vous ? Les « fèves du scarabée », j'ai déjà vu ces mots, mais à mon âge, la mémoire...

Il se tut un moment, plissa les yeux, et par égard, Clarence attendit qu'il ait fini de se creuser la tête. Et qu'il dise :

— Je vais essayer de m'en rappeler. Mais revenons plutôt à ce que vous m'avez exposé. Ma première réaction, sans trop réfléchir, c'est que tout cela est bien confus, bien vague. Le seul fait qui me semble tangible, et je suppose que vous l'avez vérifié, c'est ce déséquilibre des naissances dans certains pays entre garçons et filles. Ce sont toutefois des phénomènes qu'on ne peut étudier scientifiquement qu'au bout d'une décennie, pas avant. D'ailleurs, je veux bien supposer que ce que l'on vous a dit correspond à quelque réalité. Notez bien que je ne le pense pas, mais je veux bien supposer qu'un jour, on découvrira une méthode simple et efficace pour réduire la natalité dans certaines régions du monde. Cela constituerait-il un cataclysme ou un génocide ? Je ne le crois pas. Il y a des pays surpeuplés qui n'arrivent plus à se nourrir ; leurs dirigeants ont essayé, par toutes sortes de méthodes, de contrôler l'explosion démographique, avec des résultats limités, et parfois nuls. Si demain, ou même aujourd'hui, on trouvait un moyen pour réduire la natalité sans violence, sans contrainte, avec le libre consentement des parents...

Par quelque signe dans les yeux de sa visiteuse, Pradent dut remarquer que son argument avait porté. Il la regarda droit et fort.

— Oui, si on trouvait une telle solution, en quoi serait-ce scandaleux ou criminel ? Lorsque la Chine avait voulu imposer l'enfant unique, de nombreux parents à Shanghai et ailleurs ont soudoyé des médecins et des infirmières pour « escamoter » leur premier enfant si c'était une fille ; en Inde, quand on a voulu stériliser par la force, il y a eu des émeutes ; les hommes avaient l'impression de perdre leur virilité, leur honneur. Si la substance dont vous parlez était mise au point, on atteindrait le même résultat sans heurter les sentiments de ces gens, et en allant même dans leur sens.

Clarence eut l'air de se réveiller soudain d'un long sommeil hypnotique.

— Si je comprends bien, les populations seront stérilisées alors même que chaque individu se sentira puissant et fécond, et qu'en plus il aura la joie d'avoir deux, trois, quatre garçons.

— Il n'est pas question de stériliser des populations entières, mais nous ne pouvons ignorer que si une telle substance existait, et qu'elle se répande, le problème de la surpopulation serait à terme résolu dans les zones où il est le plus aigu.

» Observez le monde aujourd'hui. Il est clairement partagé en deux. D'un côté, des sociétés à population stable, de plus en plus riches, de plus en plus démocratiques, avec des avancées techniques quasi quotidiennes, une espérance de vie qui ne cesse d'augmenter, un véritable âge d'or de paix, de liberté, de prospérité, de progrès, sans précédent, sans aucun précédent dans l'Histoire. De l'autre, des populations de plus en plus nombreuses, mais qui s'appauvrissent sans arrêt, des métropoles tentaculaires qui doivent être nourries par bateau, des États qui retombent l'un après l'autre dans le chaos.

» Depuis des décennies, on cherche des solutions, mais chaque jour on s'enfonce davantage. Il y a bel et bien deux humanités, entre lesquelles le fossé est devenu infranchissable. Si, soudain, la providence nous envoyait une solution, qui s'en plaindrait ? Les dirigeants du tiers monde se plaindraient-ils, eux qui doivent nourrir sans cesse de nouvelles bouches, et qui voient les timides progrès de la production annihilés, balayés, noyés sous l'inondation démographique ? Et nous, les privilégiés, de plus en plus minoritaires, ne souhaitons-nous pas que nos congénères du Sud soient un peu plus prospères et un peu moins nombreux ? Qui s'en plaindrait, dites-moi, si une solution était trouvée ?

Clarence ne voyait effectivement pas, pas encore, qui pouvait bien se plaindre. L'argumentation de Pradent lui sembla sur le moment d'une logique écrasante. Alors elle chercha, par un sain réflexe, à ramener son interlocuteur sur un terrain où elle se sentait plus en mesure de lui tenir tête.

— Ce que vous dites m'impressionne, je vous l'avoue très naïvement, et j'y réfléchirai bien après que je serai partie de chez vous. Vous avez mis le doigt sur un problème fondamental de notre temps. Et précisément, si c'est fondamental, il serait normal que notre journal en parle. Et qu'il lui consacre même bien plus de place que je ne l'imaginais en entrant dans votre bureau.

— Je suis heureux que mes paroles vous aient touchée. Mais ce ne sont que des opinions ; et elles sont débattues depuis longtemps, il n'y a là rien de bien nouveau. Si vous vouliez un jour traiter des problèmes du tiers monde, venez me voir, j'aurais encore bien des choses à vous apprendre. Je tiens cependant à vous préciser que, durant cet échange amical, je n'ai fait que réfléchir à voix haute sur une hypothèse d'école que vous m'avez soumise, à savoir l'existence d'une substance permettant la sélection du sexe de l'enfant. A ma connaissance, une telle substance n'existe pas. Si elle était diffusée aujourd'hui de par le monde, de l'Inde jusqu'à l'Égypte, croyez-vous que la chose aurait pu demeurer secrète ?

Il regarda furtivement sa montre, pour signifier à Clarence que l'entretien ne pouvait plus se prolonger. Pourtant elle insista.

— Je veux bien croire que cette histoire ne repose sur rien, mais je voudrais aller au bout de mon enquête.

Pradent se leva, d'un mouvement vif, sans prendre appui.

— Je comprends que vous vous accrochiez, j'ai été jeune et têtu, moi aussi. Mais croyez-en ma blanche calvitie, vous perdriez votre temps.

— Je peux tout de même enquêter ? Je peux dire à Muriel Vaast que vous ne vous y opposez pas ?

Le visage de son hôte s'assombrit.

— Ma jeune dame, il y a un malentendu. Vous êtes venue me demander conseil, je vous ai conseillé du mieux que je pouvais, mon rôle se termine là. Si vous voulez mener votre enquête, c'est avec votre rédactrice en chef que vous devrez en discuter.

En la reconduisant vers la porte, il reprit un sourire un peu tors, pour conclure :

— De toute manière, dès que j'aurai un élément qui puisse dissiper quelques brumes, je vous le ferai parvenir. A vous ou à Mme Vaast.

Si j'ai pu rapporter ainsi la teneur de l'entretien, c'est, on l'aura deviné, parce que Clarence m'en a fait, dès son retour, un compte rendu fidèle. Lorsqu'elle en eut terminé, elle ajouta cependant, pensive et insatisfaite :

— Tu connais désormais les paroles de Pradent, mais je crains d'avoir omis l'essentiel.

Elle se tut, cherchant ses mots, ou quelque image fraîche dans son souvenir.

— Je n'ai aucune preuve, mais en observant certains tremblements de son visage et de sa voix, surtout lorsqu'il a mentionné la « substance », j'étais persuadée qu'il parlait d'une chose qui existe, non d'une simple hypothèse. En dépit de toutes ses précautions verbales.

Elle réfléchit encore.

— J'ai également eu une curieuse sensation lorsqu'il a évoqué les « fèves du scarabée »...

Quand, le surlendemain, au conseil de rédaction, Clarence recommença à parler de son projet, il y eut quelques sourires, mais elle ne s'en formalisa pas, tout occupée à présenter les pièces les plus frappantes du dossier, celles surtout qui avaient été rassemblées par Vallauris. Muriel Vaast la laissa développer son argumentation avant de lui demander :

— Vous avez vu Pradent, n'est-ce pas ? Quel est son sentiment ?

— Il pense que le problème mérite qu'on s'y intéresse, mais que les éléments dont je dispose sont encore insuffisants.

— Il estime, si j'ai bien compris, que nous nageons en pleine spéculation.

Clarence voulut répondre ; sa rédactrice en chef la fit taire d'un geste rassurant.

— J'avoue qu'il y a quelques éléments qui peuvent, à juste titre, intriguer un esprit curieux. Comme ces « fèves du scarabée », croyez-vous vraiment qu'elles aient un lien avec le phénomène que vous étudiez ?

— Je ne dois négliger aucune piste. Et celle-là encore moins que les autres.

— J'ai l'impression que vous en avez parlé à Pradent...

— Il a dit que ce nom lui rappelait quelque chose, mais il n'est pas arrivé à s'en souvenir.

— Ça y est, il s'est souvenu. Ce matin, il nous a envoyé ceci.

Retirant de sa serviette un livre relié, Muriel Vaast se mit à lire.

— « Nous sommes entrés, mes compagnons et moi, dans l'une de ces échoppes qui, en cette bourgade, tiennent lieu de pharmacie. On nous y proposa des compresses ottomanes, des baumes qui eussent empesté notre embarcation pour le restant du voyage, ainsi que les fameuses « fèves du scarabée », dont on nous avait vanté tantôt les vertus aphrodisiaques ; nous refusâmes tous, qui par méfiance, qui par pudeur. » Ce livre s'intitule : *Mon voyage sur le Nil*, de Gustave Mèissonnier. Il a été publié à... (elle tourna les pages, prit le temps de vérifier ostensiblement)... à Marseille, en 1904.

Enterré, le scarabée.

Mais que dire de Clarence ? de son âme froissée ? de sa blessure ? de ses yeux morts ?

Désintégrée.

J'aurais voulu qu'elle crie, injurie, claque une porte ou casse une lampe trop laide. Non, même pas la force d'éponger une larme au bout du nez. Je n'appris que par bribes, dans le désordre, ce qui s'était passé : le traquenard, le crescendo des rires, ce collègue qui s'excusait d'un hoquet entre deux étouffements. Elle s'était bouché les oreilles, elle avait couru, dévalé l'escalier, sangloté dans le taxi. Une fois dans l'appartement, elle s'était affalée. Jusqu'à mon retour.

Je ne détestais pas le rôle de consolateur, n'était l'inquiétude. Dans les jours suivants, je me rappelai à plusieurs reprises une scène d'un film polonais des années soixante-dix. Un journaliste s'y plaint amèrement à un ami psychanalyste des tracas de sa profession qui rendent sa vie insupportable. « Dis-toi bien, répond l'autre, que la seule chose grave qui puisse t'arriver, c'est que tu perdes l'instinct de conservation. » C'est bien cela que je redoutais pour ma journaliste de femme : l'affaissement, le dérèglement, le gouffre. Pour le restant de la semaine, je me fis porter malade, afin de lui tenir la main.

— Ne ressasse pas, ne rumine pas, crache les poisons au lieu de les promener dans ton corps !

Ma médecine était simple : présence, tendres bavardages, et interminables petits déjeuners devant la baie vitrée. Nous restions ainsi des journées entières à siroter, à grignoter, à échanger les plus délicieuses futilités, et quand parfois le silence s'enflait, je parlais d'insectes, j'avais engrangé des centaines d'anecdotes, l'une entraînant l'autre comme des mouchoirs de papier.

Ses larmes séchèrent bientôt, mais Clarence restait lasse, comme éteinte. Elle se disait incapable de remettre les pieds au journal, et je l'encourageais à le quitter. Soit pour un autre, où elle serait mieux appréciée, soit — je ne l'avançais qu'à demi-mot — pour un long congé au cours duquel naîtrait Béatrice.

— Dans l'état où je suis, elle serait une fille bien triste. J'aurais voulu m'interrompre en pleine gloire, rayonnante, conquérante, j'aurais voulu que l'enfant vienne comme un couronnement de mon bonheur, pas comme un lot de consolation, pas comme un traitement contre la déprime.

— Pourquoi dis-tu « traitement » ? Si, par sa naissance, elle t'aidait à traverser cette mauvaise passe, l'enfant ne serait-elle pas plutôt une alliée, une complice ? Moi, je l'appellerais même « salvatrice » !

Ma compagne eut pour moi un regard étrange, où je décelai une sorte d'incompréhension attendrie. Puis elle laissa tomber, sur un ton faussement crâneur :

— Si je dis oui, un de ces matins, ce sera bien parce que je t'aime.

— Je ne connais pas de meilleure raison.

C'était déjà oui.

Elle me l'annonça le jour où je devais donner ma conférence publique sur l'automobile et les coléoptères. Je n'avais toujours pas trouvé les heures de concentration nécessaires pour en rédiger le texte, et m'étais résolu à y aller avec des notes sur un bristol plié ; je le faisais souvent pour mes cours, mais lorsque l'auditoire était différent, et le sujet moins familier, j'évitais de trop compter sur ma présence d'esprit.

J'avais donc mal dormi, je m'étais réveillé d'humeur exécrable, mon cerveau n'était plus qu'un immense trou noir, je m'en allais à l'abattoir... C'est au moment où je sortais que Clarence m'annonça, en chuchotant — alors que nous étions fort seuls — qu'elle « ne prendrait plus de précautions ».

Tout le monde s'accorda à dire, ce mercredi-là, que j'avais été brillant et convaincant, que j'avais une rare maîtrise du sujet et d'indéniables qualités d'orateur... Je serrais les mains par dizaines, répétant en moi-même, à chaque compliment encaissé, « merci Clarence », « merci Béatrice ».

Et le soir, quand je pris ma compagne par la taille, nous

avions l'impression d'aller vers le lit pour la première fois.

Elle me demanda, taquine, pendant que je la déshabillais : — Est-ce moi que tu aimes ou ta fille ?

— C'est le monde entier que j'aime en cet instant, mais c'est à ton corps que j'ai envie de l'exprimer.

Elle fit mine de se dérober.

— Par ta faute, dans quelques mois, mon corps sera difforme.

— Difforme, un ventre qui s'arrondit comme la terre ? Difformes des seins qui s'irriguent de lait, qui tendent leurs lèvres brunes vers les lèvres de l'enfant, des bras qui serrent la chair contre la chair, et ce visage incliné ? Dieu, c'est la plus belle image qu'un mortel puisse contempler. Viens !

C'est à ce moment que, dans les films pudiques, une lampe s'éteint, une porte se ferme, un rideau se rabat. Et dans certains livres, une page se tourne, mais lentement, comme doivent tourner ces minutes, lentement, et sans autre son qu'une toile qui frémit.

J

Béatrice est née la dernière nuit d'août, un peu avant terme comme pour rattraper la rentrée des classes, bonne écolière mais déjà chahuteuse, insomniaque et gloutonne, avec des pieds tordus qui traçaient sans relâche d'indéchiffrables sémaphores. Curieux insecte rose.

Le lendemain matin, seul dans l'appartement, rasé, parfumé, chantonnant, je m'apprêtais à rejoindre à la maternité les deux femmes de ma vie, quand je reçus un appel des plus inattendus. Muriel Vaast. Elle aurait voulu parler à Clarence.

Muriel Vaast ! Les rares fois où son nom apparaissait encore dans nos conversations, c'était à la manière d'une cible en fer-blanc sur un étal de foire. Mais l'heure n'était plus au ressentiment, j'étais à l'heure de Béatrice et ma voix fut presque amicale.

— Clarence est absente pour quelque temps.

— Excusez-moi, mais... est-ce qu'elle habite toujours à cette adresse ?

— Plus que jamais !

Je ne suis pas sûr que mon cri de bonheur s'adressait au bon auditoire. Elle toussota, apparemment perturbée par cette sorte de familiarité.

— J'aurais eu quelques mots à lui dire.

— Je peux lui demander de vous rappeler à son retour.

— Non, je ne suis pas sûre qu'elle le ferait. Pourriez-vous lui dire de ma part...

— Si vous voulez, je peux enregistrer.

— Ah oui, c'est peut-être ce qu'il y a de mieux.

Je mis en marche le répondeur.

— Chère Clarence. Les excuses que je vous fais sont tardives, mais sincères et mûries. Cet été, j'ai souvent repensé à... Non, écoutez, je me sens toute bizarre, je vais plutôt lui mettre un mot.

— Si vous préférez.

Ce remords surgi dix mois trop tard me semblait un rien suspect. La moue sonore que fit Clarence se trouva justifiée deux jours après, quand les quotidiens publièrent en bonne place le compte rendu d'un rapport des Nations unies sur la « natalité discriminatoire », une expression qui devait connaître, hélas, une vogue durable !

Selon les auteurs — ils étaient une dizaine d'experts, de plusieurs pays —, une baisse significative des naissances féminines avait été constatée « sans que l'on puisse l'imputer à une cause unique ». Il y avait plutôt, mais le rapport demeurait vague, « un ensemble de facteurs autonomes qui auraient convergé, semble-t-il, pour produire cette distorsion ». Il citait notamment « la généralisation des interruptions de grossesse à caractère discriminatoire, la diffusion de certaines méthodes de fécondation sélective »... Le phénomène se serait considérablement aggravé au cours des quatre années précédentes, affectant l'ensemble des continents, quoique de façon inégale.

Avant de parler plus en détail du débat qui allait suivre,

je dois reconnaître qu'il m'a constamment surpris, en bien ou en mal, et souvent dérouté. Est-ce à cause de ma fréquentation des coléoptères que je me retrouve profane et si candide dès qu'il s'agit des humains ? J'aurais supposé que le rapport allait susciter un vif réflexe de survie ; il ne suscita que des querelles de spécialistes. Je n'irai pas jusqu'à prétendre que mes semblables soient démunis d'un certain instinct de survie, en tant qu'individus, en tant que groupes ; et, à un degré moindre, en tant qu'espèce. Nous sommes toutefois d'une nature trop complexe pour qu'un tel instinct guide fermement et durablement nos actions, il se perd dans une sombre forêt d'idées, de sensations, de pulsions qui s'imposent à nous comme prioritaires jusqu'à nous masquer les impératifs de survie. La chose n'est d'ailleurs pas inconnue chez certains insectes, comme j'aurai sans doute l'occasion de l'exposer.

A ce point du récit, je voudrais seulement consigner qu'après la publication du rapport, on en parla beaucoup, mais qu'à chaque fois qu'on en parlait, la confusion s'épaississait, l'avertissement qu'il contenait devenait moins audible, moins crédible. Au bout de quelques jours, tout, dans ce qu'avaient dit les experts, paraissait à la fois vrai, faux, fondamental et superflu. Résultante plate. N'étions-nous pas à l'âge des lumières aveuglantes ?

Dans mon souvenir, ce débat demeure lié à la naissance de Béatrice. Un nouvel âge commençait pour ma minuscule tribu mais peut-être aussi pour le reste de l'humanité. Quand « l'invitée » nous réveillait la nuit, et chaque nuit, et plus d'une fois par nuit, nous avions pris la curieuse habitude, Clarence et moi, de nous lever ensemble, elle pour allaiter, et moi — me croira-t-on ? — pour lui faire lecture, à mi-voix, des articles se rapportant à son sujet, ce qui nous permit de traverser cette période sans angoisses exagérées ; il est vrai que nous étions tous deux en congé puisque mes cours ne reprenaient en principe qu'en octobre, et que j'avais demandé à être déchargé de tout enseignement jusqu'à la fin du premier semestre.

Ce n'était pas tout à fait l'année sabbatique promise à

Clarence, mais son propre congé allait être plus bref encore. Dès les premiers jours de novembre, elle mit un terme à cette oisiveté forcée ; après deux faux départs, elle avait hâte de commencer enfin son enquête.

« Je vous laisse, toi et ta fille », lança-t-elle un jour, avec un rire de délivrance, la main sur la poignée de la porte.

Puis elle fut sur les routes.

Sa première visite la conduisit dans l'Orléanais, auprès d'Emmanuel Liev, sur ma recommandation. Mais très vite, je perdis sa trace. Elle me criait entre deux douches qu'elle partait pour Rome, ou Casa, ou Zurich ; le surlendemain, un mot griffonné m'informait qu'elle était rentrée « se changer », puis repartie. Le carrousel se poursuivit trois semaines. Muriel Vaast l'appelait quasiment tous les jours, mais Clarence s'était entendue avec un quotidien à grand tirage qui lui avait déjà avancé tous ses frais d'enquête.

Son article fut publié en décembre, peu avant Noël, et il me semble qu'il contenait les premières informations sérieuses sur l'émergence du drame. Je ne parle pas ici en amant, mais en scientifique, et en lecteur assidu. J'avais rassemblé tout ce qui était paru dans les grands journaux du monde, André m'avait de son côté inondé de coupures, et je puis certifier qu'avant l'enquête de Clarence, il n'y avait encore qu'un alignement de faits épars et de suppositions. Elle, grâce aux indications précises fournies par Liev, avait su aller plus loin.

En premier lieu, elle put confirmer, preuves à l'appui, qu'une équipe de chercheurs, encouragée par le succès de certaines expériences sur les bovins, avait voulu mettre au point une substance capable d'agir sur les organes génitaux du père afin de favoriser les naissances masculines. De hautes autorités étaient effectivement intervenues, l'équipe avait bien été sanctionnée et démantelée, mais le projet était alors suffisamment avancé pour être repris dans d'autres laboratoires, sous des cieux moins regardants.

Un homme, en particulier, se serait attelé à la double tâche de produire et de diffuser la « substance », un certain docteur Foulbot, aujourd'hui tristement notoire, véritable cerveau commercial de l'équipe, à défaut d'avoir été son cerveau scientifique. C'est lui qui aurait eu très tôt l'idée de s'expatrier, de racheter dans divers pays du Sud certaines entreprises qui fabriquaient depuis toujours des produits pseudo-pharmaceutiques, et d'utiliser leurs étiquettes pour écouler son nouveau produit.

L'une de ces entreprises, basée dans un port de la mer Rouge, fabriquait depuis deux siècles les « fèves du scarabée ». Clarence s'employa à raconter de quelle manière le docteur Foulbot l'avait acquise dans les années quatre-vingt-dix, et développée en une multinationale discrète mais tentaculaire.

« Le génie de cet homme fut d'écouler, sous une étiquette ancienne, une substance révolutionnaire, en évitant de le dire tout haut, afin de ne pas susciter la méfiance des autorités. Les « fèves du scarabée » et les produits similaires n'ont jamais été parfaitement légaux, mais ils étaient tolérés, et un réseau de vendeurs les diffusait depuis toujours à une vaste clientèle crédule. A celle-ci, Foulbot apportait soudain, sans bruit, un produit véritablement efficace, quasiment infaillible ; son pari étant que le bouche-à-oreille suffirait à faire, assez vite, la réputation de sa marchandise ; ainsi, les acheteurs se multiplieraient, mais en s'imaginant chacun qu'ils venaient de découvrir tardivement les vertus déjà anciennes du produit, alors que les autorités, habituées à voir distribuer depuis toujours ces mêmes poudres prétendument miraculeuses, n'y verraient que du feu. Ultime précaution — prise, semble-t-il, après que les premiers articles de presse eurent mentionné le « scarabée » —, Foulbot s'était imposé de multiplier les étiquettes et de varier les emballages. »

Depuis sept ans, la « substance » aurait été largement diffusée, surtout dans les pays du Sud, et sous d'innombrables appellations différentes, permettant à Foulbot d'amasser, on peut aisément l'imaginer, une fortune colossale.

Sagement, Clarence évita de s'étendre sur les conséquences possibles d'une utilisation de la « substance » à une vaste échelle, n'évoquant cet aspect des choses qu'en termes généraux, dans le paragraphe final, et se contentant, pour le reste, de présenter les faits et d'établir solidement leur crédibilité.

D'ailleurs, grâce à elle, et à quelques enquêtes ultérieures largement inspirées par la sienne, certaines vérités ne furent plus remises en question : l'existence de ladite « substance », sa large diffusion, et la complaisance générale à son égard. Ce qui fut, en revanche, âprement discuté, et pendant des années, pourrait se réduire à deux interrogations successives : la « substance » aura-t-elle une influence durable et profonde sur la population mondiale ? Et si tel était le cas, cette évolution serait-elle, à tout prendre, bénéfique ou néfaste ?

Je ne voudrais pas m'étendre davantage sur ce débat ; il est trop facile d'examiner, après coup, les prévisions des uns et des autres pour distribuer blâmes et satisfecit. Nul, en cette affaire, ne fut prophète infaillible ; mais certains furent moins aveugles que d'autres. Ainsi Clarence. Cependant, il ne me paraît nullement superflu de revenir, en trois ou quatre paragraphes, sur une opinion qui avait alors cours, et qui, pour quelque temps encore, allait prévaloir. Nul ne l'exprima plus clairement que Paul Pradent dans un article publié quelques jours seulement après celui de Clarence, et intitulé : « Une nouvelle population pour le nouveau millénaire ». Il y reprenait certaines idées qu'il avait agitées lors de son entrevue avec elle, en les étoffant.

« Ce n'est pas la première fois, disait-il, qu'à partir de quelques chiffres, et en prolongeant de façon bouffonne une tendance à peine ébauchée, on aboutit à des scénarios absurdes. Que de fois nous a-t-on annoncé la fin du monde ? Mais la Terre est un œuf difficile à casser. »

Puis, après une courte digression, et une référence limpide à ma compagne :

« On nous annonce que des substances récemment mises au point pourraient ralentir la croissance de la population mondiale. Plutôt que de tracer des courbes fantaisistes pour crier au dépeuplement, pourquoi ne verrions-nous pas là, bien au contraire, une étape normale et bienvenue de l'histoire universelle ?

« Pendant des millénaires, en effet, la population mondiale ne s'était accrue que lentement et de façon erratique ; si les naissances étaient fort nombreuses, les décès ne l'étaient pas moins ; mortalité infantile, épidémies, guerres, disettes empêchaient une trop forte croissance. Puis nous sommes entrés dans une deuxième phase, au cours de laquelle la mortalité a reculé grâce aux progrès de la médecine et des techniques agricoles ; cependant, encore sur sa lancée, la natalité était restée élevée. Cette phase ne pouvait cependant se prolonger indéfiniment. Il fallait, en toute logique, que la natalité décline, que la population mondiale retrouve une stabilité contrôlée et harmonieuse. C'est le cas, depuis quelques décennies, dans les pays développés, qui connaissent, de ce fait, paix et prospérité. N'est-il pas souhaitable qu'il en soit de même partout ? N'est-ce pas plutôt la situation actuelle qui est aberrante, à savoir que les pays qui peuvent nourrir et vêtir et soigner et instruire leurs enfants en aient de moins en moins, et que ceux qui sont incapables de s'en occuper en aient de plus en plus ?

« Si, par quelque miracle, le surplus de population dans les pays pauvres venait à se réduire, nous verrions disparaître, en une génération, la violence, la famine, la barbarie. L'humanité serait enfin mûre pour entrer dans le nouveau millénaire. »

Et Pradent de conclure par cette formule qui, à la réflexion, paraît pour le moins cocasse : « Laissons agir les mécanismes naturels ! »

En dépit de cette bévue de dernière ligne — la « substance », un mécanisme naturel ? — l'argumentation n'était pas facile à réfuter, et je comprends qu'elle ait pu séduire. Quant à moi, en finissant de lire, j'avais haussé les épaules. La logique de Pradent était nette. Mais je suis un animal compliqué. Plus une logique est simple, plus je m'en méfie. Je ne sais pas toujours pourquoi je m'en méfie, quelque chose dans ma formation me fait voir la puce sur le dos de l'éléphant avant même de voir l'éléphant ; quelque chose dans ma sensibilité m'éloigne des idées qui se veulent unanimes.

Il y avait aussi, et depuis longtemps, l'influence d'André Vallauris. Quand nous étions ensemble, dans son salon, à repenser le monde, il m'incitait toujours à écarter les idées ambiantes « comme on écarte les épluchures d'un fruit, délicatement par égard pour le fruit, mais sans aucun égard pour les épluchures ».

K

En d'autres temps, d'autres mœurs, on se serait gaussé d'un couple où le père s'épanouit par l'enfant et la mère par le travail et la célébrité. Mais nous étions ainsi et heureux, en étais-je moins homme, en était-elle moins femme ?

Mon bonheur, toutefois, était plus saisissable que celui de Clarence. Depuis février, chaque matin, en allant au Muséum, je portais Béatrice chez la nourrice que je lui avais trouvée, une voisine veuve et plusieurs fois grand-mère. Elle habitait un entresol, et dès que je montais la première marche, ma fille m'entourait le cou de ses bras, guirlande brune dont je gardais, ma journée entière, le poids et les senteurs.

Clarence faisait son métier de mère avec métier, avec ce qu'il faut d'affection, mais sans effusions supplémentaires. Il était entendu que l'enfant était, d'elle à moi, un cadeau d'amour ; elle me l'avait promise, elle me l'avait offerte, de tout son corps, et bien plus tôt que je ne l'espérais. Jamais je ne me suis plaint, jamais je n'ai cherché à la retenir trop longtemps au-dessus du berceau. Sa voie était ailleurs, et elle la suivait.

Depuis la parution de son enquête, peu de journalistes, hommes ou femmes, étaient plus appréciés, plus convoités, ou mieux rétribués. Elle qui rêvait de grands reportages, on lui en proposait plus qu'elle n'en aurait pu entreprendre. Elle choisissait, refusait souvent, par goût de l'ouvrage patiemment ciselé, et aussi, l'expression est d'elle, « pour préserver ma rareté ». J'approuvais sa judicieuse coquetterie, comme sa décision de demeurer « franc-tireur », concluant des accords ponctuels avec tel journal, puis tel autre, y compris, sans rancune, celui où elle avait débuté.

J'étais, en somme, son seul engagement durable. Durable, à l'abri des crises, des secousses — et de tout mariage. Nous en avions parlé une seule fois, au début de nos rencontres. Je lui avais dit que j'étais un nostalgique de l'époque où les plus sérieux accords se scellaient d'une poignée de main, et duraient la vie entière, bien après que toute paperasse eut jauni. Entre Clarence et moi, ce fut une poignée de main un peu particulière, plus élaborée, plus enveloppante, prolongée ; mais, dans mon esprit, c'était avant tout une poignée de main. Nous resterions ensemble tant que durerait notre amour ; et par mille ruses adolescentes nous le ferions durer.

Nous vécûmes ainsi, ni époux, ni ménage, ni concubins... Que d'affreux substantifs ! Nous vécûmes amant et amante, comblés par la vie, n'était la marche du temps dans les corps ; n'étaient, aussi, les turbulences du monde.

D'autres que Clarence se seraient crus « arrivés ». Ce mot l'insultait. « Il devrait être réservé aux gares et aux aéroports. Quand on me dit qu'une personne est arrivée, je suis tentée de demander où, et par quels moyens, et dans quel but ! » Était-ce modestie ? C'était plutôt, je dirai, ce mélange de modestie et d'orgueil qui a pour nom « décence ». Car elle disait aussi : « Seuls se félicitent d'être arrivés ceux qui se savent incapables d'aller plus loin. »

L'affaire qui avait révélé son nom et son talent, Clarence se devait de la suivre à la trace, c'était à présent sa cause, le combat de sa vie — et la tournure des événements l'inquiétait. Lorsqu'elle avait publié son enquête sur la « substance », elle avait certes gardé un ton neutre afin de rester crédible. Mais son a priori était limpide : montrer du doigt l'avidité et le cynisme de quelques apprentis sorciers. Dans cette titanesque manipulation des êtres, dans cette manière de tirer des populations humaines ce qu'il y avait de pire en elles pour les conduire vers un lendemain supposé meilleur, et par le raccourci d'une discrimination systématique, elle voyait, bien évidemment, un dérapage inacceptable et criminel. Elle escomptait qu'il suffirait de dévoiler les faits pour que le monde entier soit secoué par une saine colère.

Il n'en fut rien. J'ai longuement cité l'article de Pradent parce que je l'ai conservé, et qu'il avait le mérite de la clarté ; je dois ajouter que bien d'autres personnalités de tous bords vinrent conforter cette attitude.

Il nous fallut du temps, à Clarence et à moi, pour nous rendre compte de la séduction réelle, profonde, et parfois passionnelle, qu'exerçaient sur l'opinion la plus vaste des idées comme celles de Pradent. Nous avions pris l'habitude de voir dans les pays du Sud l'origine de nos plus graves soucis ; s'il pouvait exister une solution simple pour régler à la fois leurs problèmes et les nôtres, quelle folie de ne pas en user !

On ne peut juger de ces choses après coup, il faut se remettre un peu dans l'esprit de l'époque. Sans vouloir m'attarder sur l'euphorie des dernières années du siècle passé, je voudrais souligner le fait que les retrouvailles entre les deux ailes du monde développé, cette convergence vers des valeurs, des institutions, un langage, un mode d'existence similaires, avaient brutalement mis en relief le fossé vertigineux qui partageait le monde, cette « faille horizontale » responsable de tant de secousses. D'un côté, toute la richesse, toutes les libertés, tous les espoirs. De l'autre, un labyrinthe d'impasses : stagnation, violence, rages et orages, contagion du chaos, et le salut par la fuite massive vers le paradis septentrional.

Des deux côtés de la « faille », on pouvait sentir la montée des impatiences. Là encore, ce fut Vallauris qui me fit prendre conscience de cette réalité. Je ne me souviens plus des événements précis qui avaient amené le sujet, ni de ce que j'avais pu dire, mais il s'agissait, je crois, du fanatisme religieux.

André m'avait dit : « Moi aussi, comme toi, il m'arrive d'être impatient, d'exploser, de pester, de vitupérer. Mais tout de suite après, je me raisonne en disant : nous devons souffrir le monde comme il nous a soufferts.

« L'Occident n'a pas toujours été ce que tu as connu, cette aire de paix, de justice, soucieuse du droit des hommes, des femmes et de la nature. Moi qui ai une génération de plus que toi, j'ai pu connaître un tout autre Occident. Dis-toi bien que, pendant des siècles, nous avons sillonné la Terre, bâti des empires, démoli des civilisations, massacré les Indiens d'Amérique puis transporté les Noirs par rafiots entiers pour qu'ils travaillent à leur place, fait la guerre aux Chinois pour les forcer à acheter l'opium, oui, nous avons soufflé sur le monde comme une tornade, tornade souvent bénéfique, mais constamment dévastatrice.

« Et ici, chez nous, qu'avons-nous fait ? Nous nous sommes abondamment égorgés, pilonnés, gazés, avec fureur, jusqu'au beau milieu du vingtième siècle. Puis, un jour, repus, assagis, fatigués, quelque peu vieillis, nous nous sommes assis sur le plus confortable fauteuil en hurlant à la cantonade : « Et maintenant, tout le monde se calme ! » Eh bien non, vois-tu, tout le monde ne se calme pas en même temps que nous. Il y a un peu partout des Alsace-Lorraine, des querelles de papistes et de huguenots, tout aussi absurdes que l'ont été les nôtres, tout aussi meurtrières ; il faut que folie se passe.

« Soyons patients avec le monde ! »

Mais c'était André... La patience allait se raréfier par la faute des uns et des autres ; des deux côtés de la « faille », les voix les plus sages s'éteignaient. Seuls des êtres d'un autre temps, des Vallauris, des Liev, pouvaient résister longtemps à l'attrait d'une solution miracle.

L'opinion, à l'évidence, basculait, et de tout son poids. Naguère traqués, réduits au silence, les inventeurs de la « substance » étaient en passe d'apparaître comme des bienfaiteurs de l'humanité entière. Ils ne s'y sont pas trompés, puisqu'un jour, chacun s'en souvient, ils sont sortis de l'ombre comme des résistants au lendemain de la Libération. A commencer par le docteur Foulbot, qui vint revendiquer, à coups d'interviews exclusives et bavardes, « l'invention du siècle » — en un sens, elle l'était — et la qualité de « sauveur », longtemps incompris, comme tous les sauveurs, persécuté par des forces obscures et rétrogrades, contraint à l'exil.

Je le revois encore sur le petit écran ; son regard barricadé sous d'épaisses lunettes noires, il renvoyait les flèches. Pourquoi n'a-t-il pas mis au point une substance favorisant la naissance de filles ? « J'avais commencé les travaux, lorsque les fonds ont été coupés ! » Est-il vrai qu'il a fait fortune en vendant son produit ? « L'argent que j'ai pu gagner ne sert qu'à financer mes recherches. Je suis avant tout un savant. » N'est-il pas préoccupé par les comportements discriminatoires qui résultent de son invention ? « C'est le propre de tout médicament d'être salutaire s'il est utilisé à bon escient, et dangereux dans le cas contraire. Un inventeur doit supposer l'humanité adulte ; sinon bien des choses devraient être désinventées ! Mais la science ne fonctionne pas à rebours, l'humanité ne pourra plus jamais se défaire de son savoir ni de son pouvoir. C'est ainsi, les nostalgiques devront se faire une raison ! »

Grave signe des temps, on vit peu à peu apparaître, dans les pharmacies de plusieurs pays du Nord, certains médicaments contenant la « substance » et portant à présent l'étiquette, non plus de quelque atelier de fortune, mais d'importantes sociétés pharmaceutiques, désireuses de ne pas laisser à d'autres un marché aussi prometteur. Afin de détourner la loi réprimant la discrimination sexiste, on présentait ces produits comme des remèdes contre la stérilité masculine. Aussi, sous réserve qu'ils soient vendus sur ordonnance médicale, la Food and Drug Administration autorisa-t-elle leur distribution aux États-Unis, bientôt imitée par la plupart des institutions équivalentes.

Comme on aurait pu s'y attendre, il ne manqua pas de plumes doctes pour expliquer que les médicaments vendus aux consommateurs du Nord étaient radicalement différents des « fèves du scarabée » et autres produits de même acabit. Je ne voudrais pas me laisser entraîner dans une discussion trop technique ; la biologie humaine n'est pas mon domaine, la pharmacologie encore moins ; d'ailleurs, tout ce que je pourrais raconter ici existe, clairement exposé, dans les ouvrages des spécialistes. Pour ma part, je ne m'intéresse qu'aux bouleversements qui vont suivre, tels que je les ai vécus, et à tout ce qui peut aider à comprendre leur genèse. Si je me suis attardé sur ce qui se disait dans les premières années de l'âge de Béatrice, c'est pour expliquer que la « substance » était acceptée désormais comme une réalité banale, pour certains providentielle, pour quelques-uns regrettable, mais on coexiste, n'est-ce pas, avec tant d'autres réalités regrettables. Le débat était clos, sauf pour une poignée d'entêtés, et Clarence elle-même aurait lassé son public et perdu son crédit si elle était revenue sans arrêt sur une question « dépassée ».

C'est en tout cas ce qu'elle m'a expliqué un jour d'abattement extrême : « Il faut imaginer l'opinion comme un personnage volumineux et qui dort. De temps en temps, il se réveille en sursaut, tu dois en profiter pour lui souffler une idée, mais la plus simple, la plus concise, car déjà il s'étire, il se détourne, il bâille, il va se rendormir et tu ne pourras le retenir ni le réveiller.

« Alors tu te mets à attendre, pervers, que ton lit soit ébranlé. »

L

C'est peu dire que le lit des hommes fut ébranlé.

Il y eut d'abord quelques timides secousses, lointaines, indétectables ou presque. Je fus témoin de l'une d'elles, par la faute pardonnée de Clarence.

Il n'était pas rare qu'au retour de quelque contrée au nom chantant, ma compagne se promît d'y revenir aux prochaines vacances, et avec moi, et l'esprit libre de toute enquête, pour déguster sans bousculade les sereines délices dont elle s'était tout juste humecté les lèvres. D'ordinaire, ses enthousiasmes survivaient mal à d'autres enthousiasmes, un rêve couvrait l'autre, sédiments colorés, tassés, martelés, Chittagong, Battambang, Mandalay, Djenné, Gonaïves, paradis de tous les diables.

Cette fois-là, pourtant, elle s'avéra moins oublieuse. Il s'agissait de Naïputo, où elle s'était rendue pour suivre quelque conférence, « mondiale » comme on les affectionnait alors, avec deux cents délégations débarquant chacune avec son fanion, son folklore, son quant-à-soi, son discours et le brave espoir de le faire entendre, des milliers de diplomates, d'experts, de journalistes... Cela pour introduire que Clarence, arrivée en retard, avait eu le plus grand mal à trouver logement au voisinage des congressistes, et qu'elle avait dû se déporter à bonne distance du centre, vers une résidence de facture encore coloniale, Uhuru Mansion, bâtisse blanche et basse aux ailes prolongées par un chapelet de cabanons coquets, surélevés d'une marche, et donnant sur une pelouse spongieuse mouchetée d'hérétiques fleurettes roses.

Chaque matin, par le hublot de sa salle de bains, ma compagne assistait au va-et-vient des serveurs qui portaient vers une table interminable, dressée en plein air, les plateaux de papayes tranchées, de mangues charnues, d'œufs brouillés et de *Quaker oats*, puis une foule de cafetières fumantes. A huit heures trente, une timide clochette signalait aux hôtes qu'ils pouvaient s'approcher, les portes des cabanes s'ouvraient toutes en même temps, les gens sortaient pieds nus, on se hâtait à pas gourmands. Mais à huit heures trente, le taxi de Clarence attendait déjà, lui faisant des signes : avec les encombrements, jamais elle n'arriverait à temps pour la séance ! A peine osait-elle, en courant, chaparder un toast, une banane encore verte...

« J'avais atterri sur une piste de l'Eden, mais pour une vulgaire escale technique. » Telle était sa frustration qu'avant même de quitter l'endroit ; elle s'était imposé de faire une réservation pour la dernière semaine de l'année, en insistant pour payer des arrhes, histoire de rendre coûteux tout changement d'avis.

L'idée m'enchanta. Avec, cependant, un serrement de gorge à l'idée de quitter Béatrice au moment des fêtes. S'il n'en avait tenu qu'à moi, je l'aurais volontiers incluse dans le voyage, mais je me sais peu raisonnable dès qu'il s'agit d'elle. Clarence aurait simplement ri. Dans son vocabulaire, il y avait « vous deux », c'est-à-dire ma fille et moi, et « nous deux », homme et femme ; que nous puissions nous encombrer de l'intruse était tout bonnement hors de propos.

L'Afrique, nègre de ses couleurs criardes, ne fut qu'une image dans ma vie, de ces images qu'on croit furtives et oubliées, mais qui remontent aux heures sombres et répandent espérance et tapage.

Qu'en ai-je vu ? Peu de chose, ces marchandes exubérantes au pied de gratte-ciel penauds, ces cohortes d'enfants qui apprivoisent les rues, les murets, les pylônes, les terrains vagues, et ces yeux de femmes qui sourient et clignent et s'éloignent avec la démarche traînante de celles que le temps ne harcèle pas.

N'est-ce pas le paradoxe de notre culture qu'en devenant maîtresse de l'espace elle soit devenue esclave du temps ? En Afrique, on se sent, à cet égard, moins maître et moins esclave. Si, toutefois, on parvient à s'évader de soi-même. Je m'y suis essayé. Uhuru Mansion n'était, je le sais, ni l'Afrique profonde ni même le vrai Naïputo, nous étions seulement quelques Blancs quelques Noirs à partager les fruits d'une terre généreuse ; mais c'était le soupirail qu'il fallait à mon âme sédentaire.

Ce que Clarence m'avait caché, vénielle peccadille de journaliste, c'est qu'elle n'était pas seulement venue pour le calme, le gazon et les papayes citronnées. Elle avait aussi « un brin de vérification » à faire, m'avoua-t-elle quand nous fûmes, le troisième jour, sur la route, à bord d'une voiture louée, moi conduisant à l'anglaise sur le siège de droite, elle tenant cartes et guides. N'avions-nous pas envie d'aller sur la ligne de l'équateur, ne serait-ce que pour toucher du pied la borne qui l'indique ? C'était à deux heures de Naïputo ; en chemin, nous pourrions faire un détour, rien qu'une petite boucle, pour longer le fleuve Nataval.

Ceux qui ont lu l'histoire des années initiales du nouveau siècle m'auront compris : sur les rives du Nataval éclatèrent, dit-on, les premiers actes de violence ayant un lien avec l'affaire qui nous concerne. Des villageois accusèrent les autorités d'avoir distribué des « fèves indiennes » — c'est le surnom qu'elles avaient en Afrique orientale — sur le territoire de certaines ethnies, dans l'intention de réduire leur capacité à se reproduire et, à terme, de les décimer. On mit à sac un dispensaire, il y eut une trentaine de blessés, parmi lesquels quatre touristes européens qui passaient par là, et c'est grâce à la mésaventure de ces derniers que le monde eut vent de ces incidents, somme toute mineurs.

Clarence tenait à voir de ses yeux le dispensaire endommagé, à discuter avec les villageois. En deux minutes, notre voiture fut entourée par une foule vociférante ; rien d'agressif à notre encontre, juste un concert de récriminations, certaines en anglais, d'autres en swahili. Deux gendarmes, craignant que notre présence ne provoque de nouveaux troubles, vinrent nous demander de partir. Je ne me fis pas prier ; cet épisode cadrait mal avec ma conception des vacances. J'évitai cependant de sermonner ma compagne. Elle faisait partie de ces êtres qui se sentent fautifs et inutiles dès qu'ils cessent de travailler ; ce bain de foule lui donna bonne conscience pour le restant du voyage.

Il lui fournit également des témoignages dont elle allait se servir. Car bientôt, d'autres émeutes éclateraient, au Sri Lanka, au Burundi, en Afrique du Sud, enclenchées par des allégations similaires. On n'a jamais pu établir, à ma connaissance, que les méthodes de natalité sélective aient été utilisées délibérément dès cette époque-là comme instrument de discrimination contre des groupes raciaux, ethniques ou religieux. Mais la chose fut inlassablement répétée, et la suspicion se propagea.

Nul n'ignore qu'il existe, dans chaque pays, de délicats équilibres à préserver. Que tel ou tel dirigeant ait pu envisager de diffuser les « fèves » auprès des ethnies qui lui sont traditionnellement hostiles, en préservant la croissance démographique des siens, cela ne me surprend guère. Un jour, sans doute, les chercheurs établiront les faits, qui n'intéresseront plus qu'une poignée d'historiens. Les faits ont moins d'importance que les attitudes qu'ils engendrent, et en l'espèce, on allait assister, année après année, à un déchaînement d'accusations, de récriminations, de haines.

Surtout dans les zones rurales. Les habitants des villes se connaissent moins, se comptent moins. Dans un village, si l'on constate, sur quelques années, une chute brutale du nombre de filles, les vieux, hommes et femmes, s'agitent. Ce sont eux les ultimes dépositaires de l'instinct de survie. Sentant leur communauté menacée, ils dénoncent la malédiction, ils grondent, ils ameutent, ils cherchent des responsables : les hommes « dopés » ? leurs épouses complices ? le dispensaire ? l'ethnie rivale ? les autorités ? et pourquoi pas l'ancien colonisateur, n'est-ce pas de chez lui que provient l'invention criminelle ?

Je ne veux pas prétendre qu'en visitant les rives du Nataval, nous avions conscience, ma compagne et moi, de l'abîme vers lequel nous précipitait cette universelle suspicion, cette jungle des haines où tout le monde se sentait victime et ne voyait autour de lui que des prédateurs. La mise à sac d'un dispensaire de village ne pouvait, selon aucun critère, constituer un événement remarquable. Il y eut sans doute, de par le monde, des milliers d'incidents similaires où ni le nombre ni la notoriété des victimes ne justifiaient d'en parler. Seuls s'inquiétèrent parfois les gouvernements concernés.

Quelques rares responsables eurent assez tôt la clairvoyance de dénoncer la « substance », ses inventeurs et ses fabricants, de prévenir leurs administrés contre un tel fléau. Mais leurs voix demeurèrent assourdies. La plupart des dirigeants se contentèrent d'interdire désormais la publication des chiffres des naissances ventilés d'après le sexe, l'ethnie, la région ou la religion. Même les chiffres globaux de la population devinrent confidentiels, et ceux que l'on rendait publics étaient, en règle générale, sévèrement rectifiés. Les démographes s'arrachaient les cheveux, parlaient de « régression inimaginable » dans la récolte des données, d'un bond de cent ans en arrière ; la chose entra néanmoins dans les mœurs, bien vite on s'habitua à ces tableaux émaillés de « non communiqué », « no data », « estimation », et autres aveux d'ignorance.

Il faut reconnaître, d'ailleurs, que la méthode s'avéra efficace. On entendit de moins en moins parler de ces colères villageoises. On sait aujourd'hui qu'elles furent nombreuses, meurtrières, et pas toujours circonscrites. Elles suscitèrent, toutefois, moins de remous, en ces années-là, que les controverses qui commençaient à agiter les pays du Nord.

M

C'est un mot d'une écriture inconnue qui m'apprit, le lendemain même de mon retour d'Afrique, qu'André Vallauris venait de mourir. Paris était sous la neige. Mon parrain était sorti déambuler dans sa rue. Un malaise l'avait terrassé.

Les obsèques eurent lieu dans la discrétion. Clarence voulut m'y accompagner ; il y avait également Irène et Emmanuel Liev, trois collègues de Vallauris, ainsi qu'une femme plutôt jeune, qu'aucun de nous ne semblait connaître, mais qui tenait, à l'évidence, le rôle de veuve. Sans larmes, ni écharpe éplorée ; sa manière de pester contre la mort, c'était d'être belle, la plus belle, la plus élégante, pour témoigner que, jusqu'au bout, André a su aimer la vie, et que la vie a su l'aimer.

Vu son âge, sans doute voisin de la quarantaine, elle ne devait être qu'une gamine encore quand mon parrain me recommandait déjà : « S'en tenir au plus noble libertinage : ne jamais faire l'amour hors des liens de l'amour ; et sans égard pour le mariage. » A n'en pas douter, la « veuve » était entrée dans sa vie après un chapelet d'autres amours ; elle eut cependant le douloureux privilège d'être la dernière compagne. Vivait-elle avec lui ? Se cachait-elle dans quelque pièce reculée les dimanches où je venais le voir ? Ou bien se hâtait-elle de partir avant l'heure du rendez-vous ?

C'est en tout cas sa main que je vins serrer en premier à la fin de la cérémonie ; tous les autres se rangèrent en file derrière moi pour faire de même. Elle se plia à ce rituel inattendu avec un rictus imperceptiblement amusé ; peut-être songeait-elle au sourire d'André s'il voyait la scène.

De nous tous, le plus affecté était Emmanuel, que sa femme lorgnait avec inquiétude. Voir disparaître « le petit » lui faisait sentir de plus près les hoquets de son cœur et les crissements de ses os.

Je fis quelques pas avec lui en direction des voitures.

— Ce sale gamin de Vallauris, marcher dans la neige, lui qui supporte si mal le froid !

Il était furieux contre lui. Je répondis par une banalité sur le sort, le temps, l'inévitable.

Je venais de prendre congé des Liev quand la « veuve » me rattrapa.

— J'ai trouvé sur le bureau d'André cette enveloppe qui vous était destinée.

Je laissai le volant à Clarence pour lire la lettre en chemin. Ce n'était pas un testament ; seule la disparition de mon ami lui conférait une solennité comparable. Sur l'enveloppe, il y avait mon nom, mon adresse, et un timbre déjà collé. Le texte disait simplement :

« J'ai une idée dont j'aimerais discuter avec toi à notre prochaine rencontre ; je te la soumets dès à présent, pour te laisser le temps d'y réfléchir, de la faire avancer, peut-être pourrions-nous la concrétiser sans trop de retard.

« Voici : il me semble que le moment est propice à la formation d'un groupe que j'appellerais, à titre provisoire, le « Réseau des sages », qui s'étendrait sur un grand nombre de pays et aurait pour rôle d'alerter l'opinion et les diverses autorités sur les dangers qu'entraîne la manipulation irresponsable de l'espèce humaine. Je suis révolté par la banalisation du phénomène, et par l'indifférence de mes compatriotes, indifférence d'autant plus incompréhensible que le péril ne se limite pas aux contrées du Sud ; il serait aussi illusoire que criminel de prôner ou de tolérer une solution magique et finale de nos problèmes par le biais exécrable d'un génocide rampant.

« J'ai pensé à Liev pour présider ce « Réseau », et à toi, conjointement avec ta compagne, pour en assurer le secrétariat et donc la gestion effective.

« J'ai quelques autres idées à ce propos, dont nous parlerons quand tu viendras me voir. »

Cette dernière phrase me remit en mémoire les quelque soixante-quinze dimanches de « notre » conversation. Il m'avait apporté un irremplaçable bagage de connaissance et d'existence, je devais à sa mémoire de ramasser avec ferveur l'idée qui lui était tombée des mains. Le soir même, j'appela Liev, sans douter un instant de sa réponse. Il avait les mêmes préoccupations qu'André, et tenait, comme moi, à lui rendre hommage de cette manière.

Mais ne pensait-il pas que l'appellation « Réseau des sages » avait quelque chose de pompeux, d'un tantinet risible ?

— Pas du tout, s'enflamma-t-il. La sagesse est la vertu oubliée de notre temps. Un savant qui n'est pas aussi un sage est soit dangereux, soit, dans le meilleur des cas, inutile. Et puis le mot « réseau » a un relent de mystère, d'ambiguïté, de coquinerie qui piquera la curiosité des gens. Non, André ne s'est pas trompé, le Réseau des sages est une bonne enseigne. Je marche !

Clarence ayant réagi avec la même ferveur, nous décidâmes de publier, dans quatre journaux à audience internationale, un encadré ainsi libellé :

« Nous, femmes et hommes de science, de communication, de culture et d'action, soucieux d'éviter à notre Terre commune les aventures suicidaires qui pourraient, une fois encore, déchaîner les haines et dénaturer le progrès, appelons à la création d'un « Réseau des sages » qui œuvrerait pour :

— mettre fin à toute manipulation de l'espèce humaine, notamment par le moyen d'inventions perverses qui entraînent une discrimination par le sexe, la race, l'ethnie, la religion, ou selon tout autre critère ;

— promouvoir, par tous les moyens, un rapprochement accéléré entre le Nord et le Sud de la planète ;

— alerter inlassablement l'opinion et les responsables contre la montée des haines et des intolérances. »

Suivait une liste de « parrains », pressentis par Liev et Clarence, ainsi qu'une adresse, la mienne, rue Geoffroy-Saint-Hilaire, pour l'envoi de signatures et de contributions aux frais de publication de l'appel.

La trentaine de « parrains » étaient cités à la file, par ordre alphabétique ; seule exception, André Vallauris qui, malgré son V initial, figurait en premier, avec, entre parenthèses, un discret « in memoriam ».

En contemplant, quelques jours plus tard, le texte publié, soigneusement entouré d'une bande hachurée qui le faisait ressortir, j'étais fier d'avoir fait à mon ami ce cadeau posthume, mais en même temps embarrassé de voir mon nom et mon adresse étalés ainsi à des millions d'exemplaires. Quelle déception si je ne recevais qu'une poignée de messages d'appui ! Quelle tâche si j'en recevais dix mille ! quand les lire ? comment répondre à chacun ?

Je ne voudrais pas qu'on s'imagine que, noyé dans ces triviales considérations, je négligeais l'essentiel, le contenu, le combat de Vallauris, de Liev et de Clarence, combat dans lequel je me trouvais maintenant en première ligne. Mais c'est un fait que je suis monté sur scène, pour ainsi dire, avec une extrême appréhension dont je ne devais jamais me départir. Je tenais à le souligner dès à présent, pour que nul ne se méprenne sur le sens de mon comportement ultérieur.

Dans les semaines qui suivirent la publication de l'encadré, Liev m'appelait chaque matin. Il commençait par se dire invariablement « désolé » d'avoir pu interrompre ma douche ou mon petit déjeuner ; puis il m'interrogeait en détail sur le courrier du jour. Je lui comptais le nombre de lettres, une vingtaine en moyenne, le chiffre idéal pour moi, puisqu'il révélait un intérêt soutenu sans m'écraser sous la charge.

Emmanuel, à qui je donnais plaisamment du « président », trépignait à l'autre bout de la ligne tandis que je décachetais à tour de bras. Celle-ci provenait de mon collègue Favre-Ponti, apparemment réconcilié ; celles-là d'un académicien, d'un ancien ministre, d'un rabbin, d'un biologiste ; la plus inattendue portait la signature d'un avocat de Chicago qui avait fort bien connu Vallauris, et même collaboré, pendant trois ans, avec son cabinet. Il s'appelait Don Gershwin, de la firme Gershwin and Gershwin, « *Attorneys-at-law* ».

La première partie de sa lettre était consacrée à notre ami commun, dont il venait d'apprendre la disparition. Il évoquait notamment cette phrase qu'André lui avait assenée lorsqu'il l'avait accueilli pour la première fois dans son cabinet : « Je fais toujours confiance à un Anglo-Saxon amoureux de Paris. Fût-il avocat. »

C'est toutefois la seconde partie de la lettre qui était importante. Applaudissant sans réserve à l'initiative du Réseau des sages, Gershwin me priait de lui fournir le plus rapidement possible tous les documents dont je disposais concernant la « substance », ses effets médicaux, sociaux et autres, « cela en vue d'un procès qui pourrait s'avérer exemplaire ».

André m'avait plus d'une fois fait remarquer qu'en France les débats d'idées avaient tendance à tourner indéfiniment dans la sphère des conceptions morales ou politiques, alors qu'aux États-Unis ils commençaient et s'achevaient devant un juge ; en tant qu'homme de loi, il en concevait quelque nostalgie.

En la circonstance, je crois bien que le Réseau des sages serait longtemps resté une pieuse boîte aux lettres s'il n'y avait eu le « procès exemplaire » de Chicago ; suivi, il est vrai, de la trop célèbre affaire du « Vitsiya ».

N

Pour bien des gens, aujourd'hui, le nom de Don Gershwin n'évoque plus rien ; seul demeure dans les mémoires celui d'Amy Random. Jeune épouse d'un fermier de l'Illinois, elle avait voulu avoir comme premier enfant le garçon que son mari désirait. Sottement, mais innocemment, dans le seul naïf désir de voir Harry l'embrasser fort puis porter fièrement son fils, elle s'était procuré chez son pharmacien certaines « capsules » dont elle s'était employée à répandre la poudre sur la mousse des bières qu'elle versait à son mari. Le couple avait eu de ce fait une vie sexuelle florissante, et Harry junior était né l'hiver suivant, puis Ted et Fred, des jumeaux, un an plus tard. Le père était comblé, mais il avait bien envie maintenant d'avoir une fille.

Toujours aussi prévenante, Amy alla voir son pharmacien pour lui demander le traitement adéquat. Hélas, se désola-t-il, le produit « inverse » n'existe pas, pas encore. Elle devait donc s'en remettre au hasard ? Hélas, répéta le pharmacien, avec la virilité que son mari avait acquise — ce sont ses propres termes — il leur faudrait attendre de nombreuses années pour avoir quelque chance de donner naissance à une fille.

Les scientifiques se doutaient, bien évidemment, du caractère quasiment irréversible de la « substance », surtout lorsqu'elle est administrée à fortes doses ; mais à Amy, aux millions d'autres utilisateurs, personne n'avait pris la peine de le signaler.

Furieuse, désespérée, rongée par la culpabilité, elle osa surmonter sa peur pour tout révéler à Harry. Pendant quelques jours, il la traita de tous les noms de sorcière, menaça de la rouer de coups et de la chasser de sa ferme. Mais l'homme n'était pas un violent, et Amy — une rouquine un peu boulotte, au nez pailleté de taches, et aux yeux constamment étonnés — savait si bien l'attendrir. Bientôt ils se rendirent, la main dans la main, chez leur avocat ; lequel, se sachant plus compétent dans les litiges entre banques et fermiers que dans les querelles médicales, leur conseilla de s'adresser à la firme Gershwin and Gershwin, de Chicago.

Le couple promettait la potence au pharmacien du comté ; Don Gershwin les persuada de s'en prendre directement aux fabricants.

L'affaire Amy Random allait être, en quelque sorte, le procès de la « substance », un tournant dans l'attitude de l'opinion et des responsables.

L'écueil aurait été de relancer la querelle déjà ancienne et souvent violente entre « *pro-life* » et « *pro-choice* » ; Don Gershwin sut l'éviter. Habilement, il réussit à attirer dans son camp aussi bien les adversaires de l'avortement que les plus ardents défenseurs des droits de la femme ; à ces derniers, il fit valoir que le produit vendu à sa cliente était un odieux instrument de discrimination puisqu'il accordait aux seuls garçons le droit à la naissance. Il fut également soutenu par les Églises comme par les milieux scientifiques et médicaux, au sein desquels les méthodes du docteur Foulbot et de ses émules nord-américains étaient regardées avec méfiance et mépris.

De plus, l'avocat sut gagner à sa cause l'ensemble de l'opinion en démontrant que les fabricants avaient abusé de la confiance des utilisateurs puisqu'ils leur avaient dissimulé le caractère pratiquement irréversible du traitement ; je crois que c'est au cours du procès, et du vaste débat qui l'entoura, que fut utilisé pour la première fois le terme barbare de « gynéstérilisation », et même, plus lapidairement mais, je dois reconnaître, assez improprement, celui de « stérilisation » tout court, pour caractériser les effets de la « substance ».

Pendant près de deux ans, l'affaire Amy Random occupa l'Amérique, s'achevant par une condamnation de l'industriel responsable à payer deux millions de dollars au couple victime. Ce n'était pas énorme par rapport aux dommages obtenus dans d'autres litiges dits « médicaux » ; mais quand on sait que plusieurs centaines de milliers de procès similaires allaient être intentés dans la même année, pour le même motif, et avec autant de chances d'obtenir satisfaction, on comprend l'ampleur du désastre pour les fabricants : tous ceux qui s'étaient adonnés à ce trafic firent faillite ; certains finirent en prison ; quelques autres préférèrent s'exiler.

Au-delà des aspects judiciaires et financiers, l'affaire Random allait avoir, sur l'ensemble des pays du Nord, l'effet d'un révélateur salutaire. Jusqu'à la cinquième année de Béatrice — m'en voudra-t-on si je date ainsi les événements de la naissance de ma fille ; j'ai mes raisons, que mes lecteurs indulgents ne manqueront pas de déceler ; et puis, de toute façon, Béatrice est quasiment née avec le siècle, les historiens pointilleux n'auront qu'un infime réajustement à faire —, je disais donc que jusqu'à l'an cinq après Béatrice, les pays du Nord avaient assisté en spectateurs à la propagation du mal. Spectateurs tantôt complaisants, tantôt méfiants, et le plus souvent indifférents, c'était l'éventail commun des attitudes dès qu'il s'agissait de « là-bas ». Et la « substance » était bien, aux yeux de tous, « une chose de là-bas ». Ou, pour parler crûment, comme beaucoup parlaient à l'époque, une affaire de sous-développés.

Le Nord avait résolu, n'est-ce pas, ses problèmes de population, il avait atteint l'idoine croissance plate, sans surplus, ni trop-plein ; d'ailleurs, les sondages montraient bien que les couples n'y avaient nulle préférence entre garçons et filles. Aucune distorsion à craindre. On pouvait débattre à loisir de cela comme de tant d'autres choses, tout resterait au niveau des idées, rien dans la chair. Je n'ironise pas, ou à peine. J'essaie de reproduire ce qui se pensait à l'époque. Pas tout à fait dans mon entourage immédiat. Pas Liev. Pas Clarence. Mais c'était l'opinion ambiante.

Il est vrai que dans le monde industrialisé, la « substance » fut longtemps inconnue, ou presque. Quand certains en avaient eu écho, ils l'avaient assimilée à quelque recette charlatane. C'est le rapport des Nations unies, et le débat qui s'ensuivit, l'année de la naissance de Béatrice, qui donna paradoxalement un début de crédibilité scientifique au procédé du docteur Foulbot. Ainsi, il était le fruit de longues recherches en laboratoire ! Ainsi, son efficacité était démontrée !

Quand les médicaments contenant la « substance » furent légalement mis en vente dans les pharmacies de Paris, de Londres, de Berlin ou de Chicago, on ne fit pas la queue pour se les procurer. Mais les stocks furent tranquillement écoulés, réapprovisionnés, écoulés. Quels étaient les clients ? En Europe, il ne manqua pas de promptes enquêtes pour claironner que les acheteurs étaient, pour l'essentiel, des Turcs, des Africains, des Nord-Africains ; et aux États-Unis, des hispaniques. Ce n'était pas vraiment le Nord, se rassurait-on, mais seulement ceux qui y avaient élu domicile en apportant dans leurs bagages les « mentalités tropicales ».

On refusa longtemps d'admettre qu'à cette foule basanée s'étaient mêlés, chaque jour un peu plus, des hommes et des femmes du cru. Rien que des « marginaux », bien entendu, des « paumés », « déclassés et inclassables », ou, pour reprendre une étude fort docte publiée alors, « les derniers tenants des mentalités archaïques » ; et lorsque le cas d'Amy Random fut évoqué pour la première fois, on ne se gêna pas, dans une certaine presse, pour la traiter de « fermière illettrée », de « ménagère robotisée à qui la publicité ferait avaler son propre balai ».

J'ai dit « une certaine presse » ; si c'était Clarence qui

écrivait ces lignes, elle se serait montrée moins tendre envers ses confrères. Elle avait à l'époque le sentiment que l'ensemble des organes d'information ne faisaient que transmettre de mille façons différentes le même message trompeur, à savoir que le Nord n'avait rien à craindre, que l'incidence de la « substance » y était « négligeable », « peu significative », « fort limitée », « réduite », « résiduelle », « contrôlable »... Ma compagne s'était amusée pendant quelque temps à recenser toutes ces expressions qui voulaient dire très sensiblement la même chose ; elle en avait dénombré vingt-quatre, je crois, ou vingt-sept, lorsque ce petit jeu cessa un jour de lui paraître drôle.

— On s'imagine parfois qu'avec tant de journaux, de radios, de télés, on va entendre une infinité d'opinions différentes. Puis on découvre que c'est l'inverse : la puissance de ces porte-voix ne fait qu'amplifier l'opinion dominante du moment, au point de rendre inaudible tout autre son de cloche.

Je haussai les épaules.

— Tes confrères ne font que refléter...

— C'est bien cela ! Les médias reflètent ce que disent les gens, les gens reflètent ce que disent les médias. Ne va-t-on jamais se lasser de cet abrutissant jeu de miroirs ?

Sans même se lever, elle ponctua ses paroles d'un geste de footballeur dépité.

— Ah, un bon coup de pied dans tout ça !

Il faut dire que, ce jour-là, un sondage des plus « rassurants » venait d'être publié, qui l'avait indignée. Effectué par un magazine de Francfort dans cinq *länder* allemands, il révélait que sur cent couples désireux d'avoir un enfant, seize préféreraient un garçon, seize souhaiteraient plutôt une fille, tandis que soixante-huit pour cent étaient indifférents quant au sexe.

« Merveilleux équilibre ! Quelle scrupuleuse symétrie ! commenta Clarence dans un article qui eut à l'époque un singulier retentissement. Quelle éloquente démonstration du recul de la misogynie ! Ces résultats correspondent d'ailleurs à ce que nous savons de l'état d'esprit qui règne en la matière dans l'ensemble de l'Europe du Nord.

« Le problème, ajoutait-elle, c'est que l'existence de la maudite « substance » rend toutes choses pernicieuses. Depuis qu'elle s'est répandue, depuis qu'elle est disponible dans chaque ville et village, depuis que des personnages éminents confèrent à cette méthode légitimité et respectabilité, les chiffres n'ont plus du tout la même signification.

« Le calcul qu'implique cette nouvelle réalité est, hélas, fort simple à faire. En effet, chez les soixante-huit couples indifférents au sexe de leur futur enfant, il devrait y avoir, selon la probabilité démographique normale, trente-cinq garçons pour trente-trois filles ; parmi les seize qui désirent une fille, il devrait y avoir un partage équivalent, soit, pour arrondir, huit pour huit ; en revanche, chez les seize couples qui veulent un garçon, il pourrait bien y avoir seize naissances masculines. Faisons les comptes : sur cent nouveau-nés, cinquante-neuf garçons pour quarante et une filles ! »

Ma compagne n'avait effectué aucune recherche particulière, elle s'était contentée de poser sur les chiffres ce regard que je lui connaissais bien, mélange de bon sens et de sixième sens. C'est pourtant avec une étonnante précision que son pronostic allait se vérifier ; on estime en effet qu'au moment de la plus large diffusion de la « substance », le « manque à naître », pour l'Allemagne, fut d'une fille sur huit, peut-être même d'une sur sept. S'agissant d'une contrée où l'on s'angoissait déjà de la faible fécondité, et même d'une diminution régulière de la population autochtone, ce phénomène allait devenir chaque jour un peu plus traumatisant, et même obsédant.

Ai-je besoin d'y insister, l'Europe septentrionale comptait, à l'époque du sondage, parmi les régions les moins « machistes » de la planète ; les filles qui y naissaient étaient aussi chaleureusement accueillies que les garçons. Pourtant, même là, les ravages du fléau pouvaient être considérables.

Il est plus facile de comprendre à présent le désarroi

qui s'est emparé des responsables et de l'opinion quand furent divulguées certaines statistiques de natalité concernant l'Europe méditerranéenne et orientale.

Je ne voudrais pas alourdir ces souvenirs de chiffres qu'il serait aisé de retrouver dans les manuels ; à ceux que de telles données intéresseraient, je recommande la lecture de la brochure publiée en l'an sept par les autorités européennes de Bruxelles sous ce titre mi-poétique, mi-apocalyptique, mais qui produisit son effet : « ... et tout est dépeuplé ».

Fort heureusement, tout n'est pas dépeuplé. Mais quel lourd tribut nous payons encore !

O

Aux environs du huitième anniversaire de Béatrice, je choisis d'interrompre, pour quelque temps, toute activité de recherche ou d'enseignement, le Muséum ayant consenti à m'accorder un congé payé et illimité. La chose était exceptionnelle, mais chacun avait maintenant conscience de vivre un état d'exception. Le mot clé était « sauvetage », et pour avoir été la première des Cassandres, le « Réseau des sages » prenait des allures de recours.

Avant de m'attarder un peu plus sur le rôle que je me suis retrouvé en train de jouer, je devrais peut-être dépeindre un peu mieux, pour ceux qui n'ont pas connu cette époque, le climat qui s'était installé.

J'ai mentionné brièvement les débats qui agitèrent l'Europe et les États-Unis ; je n'ai évoqué qu'en passant les premières violences dans le tiers monde. Je me dois d'ajouter ici quelques éléments indispensables, me semble-t-il, à la compréhension de ce qui va suivre.

Tout d'abord, la querelle autour de la « substance », et de l'ensemble des méthodes de « natalité sélective », d'« avortement discriminatoire », de « stérilisation », était en train de devenir un phénomène planétaire et quotidien. Les inventeurs et les fabricants étaient certes en accusation, mais ces têtes que l'on offrait — fort légitimement d'ailleurs — ne suffisaient plus. Dans le Nord, on accusait les autorités d'avoir été imprévoyantes, négligentes, d'une certaine manière complices. Dans les pays du Sud, je l'ai dit, les querelles opposaient une ethnie à l'autre, une communauté à l'autre ; on s'en prenait aussi, souvent injustement, au corps médical, ainsi qu'aux dirigeants politiques ; puis, de plus en plus, on en vint à désigner comme coupable, comme origine du mal, l'ancien colonisateur, et plus simplement l'Occidental. N'est-ce pas chez lui que fut conçue l'invention diabolique ? N'est-ce pas lui qui aurait cherché ainsi à « stériliser » ces masses humaines qui diffèrent de lui par la couleur, la croyance ou la richesse ? Accusation simpliste, absurde pour qui a suivi l'affaire de bout en bout. Mais tel était le caractère insidieux de la « substance » qu'une population ne pouvait jamais déterminer avec certitude si elle avait été stérilisée par l'action malveillante d'un ennemi ou par la faute de ses propres traditions ancestrales.

Perverse, l'invention de Foulbot ? Je suis le premier à en convenir. Mais non moins perverses étaient les mentalités qui poussèrent des centaines de millions d'hommes et de femmes à recourir à un tel traitement. C'est d'ailleurs la rencontre entre les perversités de l'archaïsme et celles de la modernité qui a donné aux événements dont je fus témoin une pareille ampleur.

Peu de gens posaient alors le débat en ces termes, mais chacun sentait la montée inexorable des tensions. Il serait fastidieux d'énumérer émeutes, meurtres, enlèvements, détournements, mises à sac ; je veux seulement dire ici que cette réalité planétaire aux contours vagues mais menaçants était désormais présente dans les esprits ; que beaucoup devinaient, de plus, l'ampleur des ravages déjà causés par la « substance » dans diverses contrées, même si les chiffres probants demeuraient plus que jamais escamotés ; cependant, lorsque, dans le Nord, on parlait de « sauvetage », c'était avant tout du Nord qu'il s'agissait.

Entre deux périls, l'un immense mais lointain et

imprécis, l'autre moins meurtrier mais proche, n'est-il pas humain que l'on se préoccupe d'abord du second ?

Il est facile, aujourd'hui, de lancer invectives et anathèmes. Il est facile de démontrer, après coup, que le Nord, en laissant s'amplifier la débâcle du Sud, a compromis sa propre prospérité et sa propre sécurité, et que le Sud, en se déchaînant contre le Nord, s'est condamné à la régression. Chacun, à l'époque, voulait échapper au plus vite, et aux moindres frais, aux périls les plus immédiats.

Je laisse à d'autres, qui ont plus d'années devant eux, le soin d'argumenter. Pour ma part, j'ai toujours reconnu que ces problèmes me dépassaient ; je pouvais au mieux les désigner du doigt, Vallauris m'ayant laissé en partage quelque lucidité ; mais le titre pompeux de « Réseau des sages » ne doit pas faire illusion. Par quel prodige aurions-nous pu empêcher les cataclysmes ? Qu'étions-nous, sinon une frêle association de nostalgiques d'un autre avenir ? Que faisions-nous d'autre que parler, écrire, parler, monotones prêcheurs d'un dimanche interminable ?

Pourtant, ceux qui ont connu cette époque ne peuvent avoir oublié ce sublime vieillard que fut Emmanuel Liev, son nez en museau, ses oreilles en ailes de chauve-souris, sa voix surtout qui parlait à tous et parlait aussi à chacun. Il était devenu une sorte de « grand-père universel », réconfortant lors même qu'il cherchait à effrayer.

Difficile pour moi d'évaluer avec détachement son rôle ou celui du Réseau ; j'aime à croire qu'ils ne furent pas négligeables. Il est vrai qu'il avait fallu toute une conjonction d'événements — procès, violences, statistiques alarmantes — pour que naisse enfin en Europe, et dans l'ensemble du Nord, ce sentiment d'urgence, ce début de sursaut. Mais je ne prends pas d'excessives libertés avec les faits en affirmant que la plupart des décisions prises par les autorités de l'époque avaient été inspirées par des membres de notre groupe.

En parlant plus spécifiquement de Liev, j'ai voulu mettre en avant celui qui fut, jusqu'à sa mort, notre porte-drapeau, notre figure fétiche. Mais nous étions nombreux, des dizaines puis des centaines, trop éparpillés de par le monde pour nous connaître tous, trop soucieux d'efficacité pour réunir de chaotiques assemblées générales. Non, nous nous en tenions à notre idée de « réseau », une sorte de fil invisible nous reliait, des idéaux implicites nous unissaient, et ce sentiment d'urgence qui s'imposait à tous nous maintenait en alerte.

Certaines de nos idées furent, je l'ai dit, retenues et appliquées, d'autres firent l'objet de controverses ; d'autres encore allaient s'avérer inopérantes, quoique parties du meilleur sentiment. Le but commun à toutes les suggestions était d'inciter la population à avoir des filles, suffisamment pour rééquilibrer les chiffres des naissances, et pour retrouver les taux de fécondité d'avant la crise. Il faut savoir qu'aux années les plus creuses, le « manque à naître » pour l'ensemble du continent européen était évalué à près d'un million de filles ; rien à comparer avec ce que l'on devinait déjà dans certaines contrées du Sud ; mais suffisamment pour justifier la peur du dépeuplement.

Il fallait, avant tout, empêcher de nouvelles personnes d'utiliser la « substance » ; c'était l'aspect le moins ardu. On interdit la fabrication et la commercialisation de tous les produits « responsables de la natalité discriminatoire », et même s'il y eut quelques ventes sous le manteau, la diffusion dans la plupart des pays du Nord fut désormais négligeable. Mais cela ne suffisait plus. Compte tenu du nombre impressionnant d'hommes déjà traités — peut-être faudrait-il dire « contaminés » —, le déficit des naissances féminines allait se poursuivre pendant plusieurs années encore, aggravant le déséquilibre. Il fallait donc, par divers moyens, inverser la tendance.

Sur le plan scientifique et technologique, on voulut accélérer la mise au point de la substance favorisant la naissance des filles, communément appelée la « substance inverse » ; les recherches étaient déjà avancées, il existait même un prototype, mais on renonça finalement à le diffuser en raison de certains effets secondaires qu'on avait observés, et dont les chercheurs n'ont jamais pu se défaire. Ce projet était d'ailleurs fort controversé. Même au sein du Réseau, ceux qui étaient par principe hostiles à toute manipulation génétique trouvaient illogique de combattre ainsi le mal par le mal, d'encourager une distorsion pour compenser les ravages d'une autre. En revanche l'allocation de fonds pour l'élaboration d'un « antidote », c'est-à-dire d'un traitement capable d'atténuer l'action de la « substance » chez ceux qui l'avaient déjà utilisée, ou même d'en annuler totalement les effets, fut applaudie par tous, sans exception ; la recherche progressa cependant plus lentement que prévu, et même lorsqu'elle aboutit, la méthode s'avéra compliquée, coûteuse, et donc difficile à employer sur une grande échelle.

Les mesures les plus efficaces, celles qui contribuèrent le plus décisivement à rétablir l'équilibre des naissances, furent à caractère pécuniaire : les gouvernements, l'un après l'autre, décidèrent d'accorder aux familles à haut revenu d'importants dégrèvements fiscaux à la naissance d'une fille, et durant toute l'enfance et l'adolescence de celle-ci ; pour les familles à revenus modestes, on décida de verser une allocation spéciale, suffisamment substantielle pour que de nombreuses femmes soient tentées d'interrompre leur travail pour faire un enfant — idéalement, une fille.

Plusieurs pays crurent bon, hélas, d'étendre ces avantages aux familles qui adopteraient une fille en bas âge, adoption pour laquelle les formalités seraient simplifiées. Le Réseau dénonça vainement cette mesure, dont le caractère pernicieux aurait dû sauter aux yeux de chacun : dans un monde où les filles se raréfiaient, où leur « acquisition » offrait des avantages financiers, un trafic incontrôlable et sordide allait s'instaurer, attisant les haines, comme j'aurai bientôt l'occasion d'en parler.

D'autres mesures, mieux inspirées, eurent également leur effet, notamment une campagne tapageuse, sur les écrans, petits et grands, et par affiches géantes ; on y voyait un homme portant à bout de bras, au-dessus de sa tête, une fillette qu'il regardait avec adoration ; avec, au-dessous, un slogan lapidaire : « Un père, une fille ».

L'homme, sur les panneaux, c'était moi, et la fille, bien entendu, Béatrice. C'est le publicitaire qui me proposa de m'afficher ainsi, mais je soupçonne Clarence de le lui avoir soufflé. Je commençai par rire à cette idée ; puis je finis par dire oui, en un moment d'égarement, me laissant persuader que si la sincérité avait quelque efficacité, mon regard vers Béatrice convaincrait.

Il ne me fut pas facile de porter à bout de bras une petite jeune fille de neuf ans, déjà grande de taille, et de la maintenir en l'air quelques pesantes secondes ; le photographe réussit cependant à donner à l'image un mouvement d'envol, qui évoquait à la fois la création, le jeu, et l'élévation d'une génération à l'autre.

Tant que j'étais encore dans le studio — il avait bien fallu quelques centaines de prises, sur trois jours — l'idée était demeurée une idée. Mais quand je me vis sur les murs, en grandeur plus que nature, je me sentis comme écrasé ; ma première pensée alla au Muséum : heureusement que je n'y vais plus, me dis-je, jamais je n'aurais pu supporter les rires des étudiants, ni le persiflage des collègues.

Mais peu importe cet aspect anecdotique, l'idée de la campagne allait plus loin qu'une affiche et qu'un slogan. Il s'agissait d'ancrer dans les esprits qu'une héritière valait autant qu'un héritier. La législation avait déjà évolué dans ce sens, sauf sur un point, formel mais fondamental : le nom.

Comment remédier à cela ? En donnant à l'enfant, comme en Espagne par exemple, le double nom de la mère et du père ? A l'évidence, cela ne déracinait pas le machisme, ou, selon un terme utilisé dans les débats de l'époque, l'« héritiérisme mâle ». Que faire alors ? Donner le choix, pour tout enfant, entre le patronyme du père et celui de la mère ?

J'étais, quant à moi, partisan d'une réforme plus radicale : l'imposition du matronyme. De même que les enfants ont longtemps porté obligatoirement le nom du père, ils porteraient désormais, tout aussi obligatoirement, celui de la mère. Je ne reprendrai pas ici mon argumentation, me contentant de préciser que l'idée maîtresse était l'inversion radicale de la notion d'hérédité dans un sens plus conforme à la logique biologique, et plus favorable à la perpétuation de l'espèce.

Si je ne fus pas suivi jusqu'au bout, de nombreux pays acceptèrent d'infléchir la législation sur les noms ; le mot « patronyme » n'est plus jamais prononcé avec la même assurance qu'autrefois.

Mais peu importent mes idées ou ma contribution ; je n'ai, en la matière, aucun amour-propre d'auteur. La seule chose qui mérite d'être signalée, s'agissant de ces années-là, c'est que le train de mesures adopté dans les pays du Nord sembla opérant. Les naissances féminines y remontèrent peu à peu. Et, au soulagement de tous, on proclama bientôt, chiffres à l'appui, que le dépeuplement était enrayé.

Pour cette raison, sans doute, on ne comprit pas tout de suite que le mal était déjà fait.

P

Dans le concert d'autosatisfaction qui assourdissait tous les pays du Nord, quelques voix s'élevèrent pourtant, dès cette époque-là, pour poser la seule vraie question : quelles seraient, dans les années à venir, les séquelles du grave déséquilibre des naissances qui venait de se produire ? On ne les écouta que de l'oreille dont un noyé, sauvé in extremis, écouterait celui qui le mettrait en garde contre les courants d'air sur ses habits trempés. Et si, à ce rescapé, on avait dit qu'à l'autre bout de la plage, un inconnu se noyait encore, aurait-il bondi pour le secourir ? Non, il serait resté là, étendu, immobile, épuisé, incrédule, à ressasser ses moments d'effroi, de panique, puis de salut. C'est ainsi que je m'explique l'échec initial de la campagne lancée par le Réseau en l'an treize, sur le thème : « Le Nord est sauvé, sauvons le Sud ».

Aujourd'hui encore, j'arrive à peine à croire ce que j'ai pu lire ou entendre. Les mêmes vieux arguments, ceux de Pradent, étaient servis tels quels, comme si les événements n'avaient fait que les justifier. Le Nord était menacé de dépeuplement, disait-on, il a fallu un sauvetage ; s'agissant du Sud, en revanche, chacun sait qu'il est surpeuplé, une baisse de la fécondité ne serait pas pour lui une distorsion, mais, tout au contraire, un rééquilibrage salutaire. De plus, maintenant que « nos pays » avaient connu une diminution de leur population, il devenait d'autant plus souhaitable que, « là-bas », il y ait une diminution au moins équivalente. Pour parvenir à ce résultat, tous les moyens étaient bons...

Moi qui croyais les vieux démons enterrés ! En entendant ces arguments, je me souvenais d'une discussion avec André. J'avais alors douze ou treize ans, et il m'avait demandé, tout à fait hors de propos : « Crois-tu aux revenants ? » « Non ! » avais-je protesté, froissé qu'il ait pu me croire perméable à de telles sottises. « Eh bien, tu as tort. Je ne parle pas de ces cadavres griffus qui somnambulent au voisinage des cimetières. Je parle des idées revenantes, tout aussi griffues et sanguinolentes ; tu les rencontreras à tous les âges de ta vie, et tu pourras d'autant moins les tuer qu'elles sont déjà mortes. » Allégorie ou pas, mon cerveau d'adolescent fut longtemps hanté par ces idées revenantes ; jusqu'à ce jour j'en vois encore, partout je les pourchasse avec véhémence, quoique sans illusions.

C'est à peu près dans cet état d'esprit que je me trouvais à l'époque où éclata la désolante affaire dite « du Vitsiya », ou « de l'arche céleste ». Un événement aussi tragique que bouffon dont la seule évocation me fait honte, comme elle devrait faire honte à tous mes contemporains. Mais, que voulez-vous, le monde en était là !

J'ai déjà eu l'occasion de dire que de nombreux gouvernements avaient décidé de faciliter les adoptions de filles à l'étranger, afin de combler le déficit des naissances, et que le Réseau des sages avait protesté en vain. Notre avis était que l'adoption joue très certainement un rôle de compensation affective, mais qu'en aucun cas elle ne doit devenir un procédé de compensation démographique ; qu'elle représente un engagement humain merveilleux, à condition qu'elle demeure strictement individuelle ; qu'elle ne devrait faire l'objet d'aucune tractation commerciale, ni entraîner des avantages pécuniaires.

S'agissant de l'enfance, un rien sépare le sublime du sordide, le généreux du crapuleux...

Mais les autorités comme l'opinion, échaudées par la peur du dépeuplement, ne voulaient plus s'encombrer de pareilles nuances. On réfléchissait en termes de taux, de déficit, d'équilibres globaux, et on était tout disposé à voir dans le transfert massif de filles du Sud vers le Nord une action légitime, et même salutaire.

Encouragé par la législation autant que par le sentiment populaire, un « télévangéliste » américain d'origine ukrainienne, dont le vrai nom m'échappe à présent, mais qui se faisait communément appeler « Vitsiya » — qui, je crois, veut dire « père » en ukrainien dialectal —, décida de lancer une vaste opération visant à transporter vers le Nord dix mille nouveau-nés, presque tous des filles, en provenance du Brésil, des Philippines, de l'Égypte, comme de plusieurs autres contrées du Sud. Il organisa à grand renfort de publicité un véritable pont aérien, qu'il baptisa pompeusement « l'arche céleste ».

Il faut avoir vécu ces journées en direct, ou en « spectacle réel » comme certains aimaient à dire en ce temps-là, pour saisir toute la signification de ce qui est arrivé. Plusieurs chaînes de télévision avaient estimé que l'opération du Vitsiya était une véritable aubaine médiatique, capable de passionner et d'émouvoir au plus haut degré un public particulièrement sensibilisé à tout ce qui touche les problèmes de population ; et qu'il s'agissait peut-être même d'un grand événement historique qu'il serait impardonnable de « rater ».

Pendant quarante-huit heures donc, tout un week-end, des centaines de millions de foyers demeurèrent rivés à leurs postes, à voir et à revoir les images de l'opération, entrecoupées d'entretiens avec le héros du jour, un géant à la barbe chatoyante et aux blonds sourcils broussailleux.

Le Vitsiya n'était pas, comme on se plaît aujourd'hui à le dépeindre, un vulgaire illuminé assoiffé de tapage. Et l'argumentation qu'il développait n'était pas insensée. Prenons, disait-il, le cas d'une fille qui vient de naître dans un village soudanais. Son espérance de vie, en tenant compte de la mortalité infantile et des risques liés à ses futurs accouchements, est d'environ quarante ans ; en Europe, cette même fille vivrait quatre-vingts ans. Qui peut décider froidement de la priver de la moitié de son âge ?

Une question : ne faudrait-il pas plutôt aider cette enfant là où elle est, lui permettre de mieux vivre au sein de sa propre communauté ? Réponse du Vitsiya : « C'est exactement ce qu'on nous répète depuis un demi-siècle. Mais rien n'est fait. Si je n'ai pas envie de voir cette fille mourir dans les six mois d'une épidémie, être affligée de quelque infirmité, ou expirer au moment de donner naissance à son premier enfant, je ne peux pas attendre que soient résolus tous les problèmes de la planète. Il ne s'agit pas d'étudier le sort d'un être indéterminé, d'un échantillon négligeable traité par un ordinateur technocrate. Il s'agit d'aller vers les pays de misère, de rencontrer une enfant, de la regarder dans les yeux, et de se demander : cette enfant-ci, vais-je la sauver ou la laisser crever ? C'est aussi simple que cela. Lorsque je sais que des milliers et des milliers de familles des pays riches attendent cette enfant, prêtes à l'accueillir, à lui prodiguer leur amour, à lui assurer l'instruction qui lui permettrait de se prendre en charge en tant qu'être humain à part entière, à la faire vivre dans la dignité, une longue vie heureuse, ai-je le droit d'hésiter ? »

Mais enfin, lui demanda un journaliste, que cherchez-vous à faire ? A transporter vers le Nord tous les enfants du Sud ? « Tous, je ne le pourrais malheureusement pas, rétorqua le prédicateur avec un rictus de calme provocation, mais si je parvenais à sauver dix mille enfants, ma propre vie n'aura pas été inutile. »

Rien, dans tous ces propos, ne me paraissait répréhensible ou déshonorant. Et si les motivations de l'opération n'étaient pas toujours aussi nobles qu'il le prétendait, aujourd'hui encore, malgré tout ce qui s'est passé, je ne suis toujours pas convaincu que l'homme ait été un salaud. Il y eut, à n'en pas douter, un dérapage monstrueux dont il porte la responsabilité. Mais, avec le recul du temps, le Vitsiya apparaît seulement comme le révélateur bruyant d'un pourrissement auquel il n'a guère contribué.

S'il a péché, c'est avant tout, me semble-t-il, par la démesure de son projet, et par les incroyables maladresses liées à cette démesure. Ainsi, tenant à effectuer une opération gigantesque qui puisse frapper l'imagination du public et appâter les médias, il avait jugé inutile de trouver à l'avance pour tous les enfants des familles d'accueil, persuadé que celles-ci s'avéreraient innombrables. Il avait donc fait venir par avions géants à Paris, à Londres, à Berlin, à Francfort et, si ma mémoire ne me trahit pas, également à Copenhague et Amsterdam, un premier lot de deux mille nourrissons à « écouler » — c'est le premier mot qui me vienne à l'esprit — et s'en était remis au tapage médiatique pour attirer les preneurs.

Afin de dissiper les craintes des potentiels parents adoptifs, il avait soumis les enfants à des examens médicaux très minutieux, ne retenant que les individus les plus sains. Et pour que nul n'ait le moindre doute à ce propos, il avait fait imprimer des affiches le montrant avec un nourrisson sur son bras gauche, tandis que de sa main droite il brandissait un certificat médical dûment signé. Pour l'occasion, il avait revêtu un tablier d'hôpital, sans doute pour faire hygiénique, mais le tableau rappelait fâcheusement des publicités diffusées quelques semaines plus tôt par une grande surface pour vanter son rayon de saucisses.

Cette image produisit la première impression négative, qui allait être suivie de bien d'autres. Les chaînes de télévision qui couvraient l'événement en continu enregistrèrent un taux d'audience sans précédent, mais le Vitsiya, se retrouvant à l'antenne toutes les heures, harcelé de questions, épuisé par son voyage, laissa peu à peu échapper des phrases malheureuses. Et même franchement désastreuses ! Il reconnut ainsi que les enfants qui présentaient la moindre maladie, la moindre anomalie, avaient été écartés. « Ainsi, lui fit-on remarquer, au lieu de vous occuper de ceux dont l'état nécessitait le plus de soins et d'attentions, vous avez préféré les mieux portants, plus faciles à placer. » Ses explications ne furent guère convaincantes.

En réponse à une autre question, on l'entendit préciser qu'il avait décidé de classer les enfants en six catégories, selon la nuance de couleur, « pour faciliter aux parents le choix qui conviendrait le mieux à leur harmonie familiale » ; et que, tout en restant attaché au principe d'une même « contribution financière » pour chaque enfant adopté, il consentirait des rabais pour ceux qui accepteraient d'adopter un enfant appartenant à une race différente de la leur. Il y avait là une odeur de « prix d'achat » et d'enfants « soldés », que je ne fus pas le seul à trouver nauséabonde.

Les stations commencèrent à recevoir des appels de spectateurs outrés, voire menaçants. Puis un premier incident éclata lorsque le prédicateur, vantant les nombreux avantages du transfert des enfants vers le Nord, eut la mauvaise idée de dire qu'il avait pris soin de recruter en grand nombre des nourrissons nés dans des milieux islamiques, notamment en Égypte, en Turquie, en Somalie et au Soudan, « pour les faire échapper, surtout les filles, au sort désolant qui aurait été le leur dans leur milieu d'origine, et leur permettre de s'insérer dans un meilleur environnement religieux et culturel ». Des communiqués de protestation furent publiés par diverses associations islamiques, et bientôt des attroupements commencèrent à se former, de manière apparemment spontanée, dans divers quartiers à forte population immigrée, en France, aux Pays-Bas, en Belgique, en Angleterre, en Allemagne.

Dans la nuit de samedi à dimanche, alors que l'opération de « l'arche céleste » était commencée depuis près de vingt-quatre heures et qu'on attendait l'arrivée d'une nouvelle vague de gros-porteurs, des émeutes éclatèrent. Par leur ampleur, elles rappelaient celles de Watts et des autres quartiers noirs des villes américaines dans les années soixante du siècle dernier ; mais cette fois, leur théâtre fut principalement l'Europe. Sans doute les ghettos noirs d'Amérique étaient-ils depuis trop longtemps rongés par leur violence intestine. C'est l'une des explications qui furent avancées alors… Toujours est-il que les seuls incidents enregistrés aux États-Unis eurent lieu dans les quartiers hispaniques, et qu'ils n'atteignirent jamais l'ampleur et la rage qu'on put observer sur le Vieux Continent.

Il va de soi que les tensions s'étaient accumulées depuis des décennies, que la méfiance entre les « nationaux » et les communautés immigrées était un fait acquis avec lequel tout le monde avait appris à vivre. Mais, à l'exception de quelques flambées circonscrites et passagères, la violence était demeurée une menace hypothétique. L'affaire de « l'arche céleste », venant après la grande frayeur du dépeuplement, provoqua un déchaînement. Pendant près d'une semaine, la rage s'amplifia, s'étendant à plusieurs dizaines de villes européennes, dégénérant en émeutes, incontrôlées, certes, et non concertées, mais se conformant curieusement à une sorte de modèle commun d'agissements, pilleurs et destructeurs plutôt que sanglants ; et s'en prenant invariablement aux mêmes cibles, à savoir tout ce qui symbolise soit l'État — panneaux de signalisation, voitures de police, cabines téléphoniques, autobus, bâtiments officiels — ; soit la richesse — boutiques, banques, grosses voitures — ; soit encore le système médical.

Il y eut relativement peu de morts, une soixantaine au total, tous pays confondus, mais on ne dénombra pas moins de huit mille blessés ; et, bien entendu, des dégâts par milliards. Les villes du continent furent paralysées une semaine durant comme par une grève générale, les rues demeurant sombres et vides, et souvent jonchées de débris...

Et bien après que la semaine se fut écoulée, la méfiance persista, comme si une substance toxique s'était mêlée pour longtemps à l'air que chacun respirait.

Q

Il aura donc fallu cette gigantesque farce, puis cette frayeur aux dimensions d'un continent, pour que l'égoïsme sacré soit ébranlé, et que l'idée de sauvetage s'étende enfin à toute la terre des hommes.

Le « Réseau des sages », dans une déclaration que nous voulions bruyante et solennelle, demanda l'organisation, dans l'année, d'un sommet mondial sur les problèmes de population. L'idée était mûre, l'accueil fut immédiat et fervent. De nombreux chefs d'État ou de gouvernement annoncèrent qu'ils conduiraient eux-mêmes les délégations de leurs pays.

Le siège des Nations unies à New York apparut tout de suite comme le cadre idéal pour donner à l'événement le retentissement requis. On décida d'y inviter, aux côtés des États, certaines organisations « actives dans le domaine de la solidarité humanitaire », ainsi qu'un petit nombre de personnalités « qui pourraient faire bénéficier les participants de leurs connaissances et de leur sagesse ».

Ces mots semblaient taillés sur mesure pour qu'au milieu de cette assemblée, je devrais plutôt dire au-dessus, planent la figure et la voix d'Emmanuel Liev.

Une fois de plus, mais la dernière, il fut admirable. Avec sa taille frêle, sa tête rêvée par un divin caricaturiste, il monta à la tribune du pas d'un paysan gravissant un tas de pierres, promena sur ces centaines de rois, de présidents, de ministres et d'autres excellences un regard d'oiseau haut perché, sans indifférence mais sans déférence. Je m'attendais presque à ce qu'il dise « mes enfants ». Il l'aurait pu ; à quatre-vingt-huit ans, il avait l'âge d'être leur père à tous. Il choisit plutôt d'introduire ainsi :

— M'en voudra-t-on de ne pas commencer par les formules d'usage ? Je ne les connais pas, et il est trop tard pour que je les apprenne. Aussi me contenterai-je de m'adresser à vous par ce titre dont chacun devrait se sentir honoré : hommes de bonne volonté !

Emmanuel parla neuf minutes, sans notes mais sans hésitations, devant un parterre silencieux jusqu'au recueillement. Son intervention était suivie en direct dans presque tous les pays du monde. Elle m'apparaît aujourd'hui, avec le passage du temps, comme un modèle de lucidité, sans qu'elle soit pour autant exempte d'espoir.

— Nous sommes nombreux sur cette terre, dit-il. Certains diront trop nombreux. Je ne le pense pas. Je ne crois pas non plus qu'il faille se multiplier à l'infini ; je trouve même pitoyable cette « revanche des berceaux » par laquelle des populations soumises cherchent parfois à secouer le joug des minorités dominantes.

» Nombreux, oui, et sans doute nous sommes-nous multipliés trop vite. Et pourtant, si les huit milliards de nos semblables se noyaient dans la Méditerranée, savez-vous de combien s'élèverait le niveau de l'eau ? D'un dixième de millimètre ! Oui, mes frères, mes benjamins, nous ne sommes, nous tous les hommes et les femmes des six continents, qu'une mince couche, une infime couche de chair et de conscience sur la face du monde.

» Certains parlent d'encombrement ? Si la Terre est encombrée, c'est par nos avidités, nos égoïsmes, nos exclusions, nos prétendus « espaces vitaux », « zones d'influence » ou « de sécurité », et aussi nos futiles indépendances.

» Au cours du siècle dernier, notre planète s'est partagée entre un Sud qui récrimine et un Nord qui s'exaspère. Certains se sont résignés à voir en cela une banale réalité culturelle ou stratégique. La haine ne demeure pas indéfiniment une banale réalité. Un jour, sous quelque prétexte, elle se déchaîne, et l'on découvre que rien, depuis cent ans, mille ans, deux mille ans, rien n'a été oublié, aucune gifle, aucune frayeur. S'agissant de la haine, la mémoire traverse le temps et se nourrit de tout, même parfois de l'amour.

» Peu de doctrines à travers l'Histoire ont su déraciner la haine, la plupart se sont contentées de la détourner d'un objet vers l'autre. Vers le mécréant, l'étranger, l'apostat, le maître, l'esclave, le père. Bien entendu, la haine ne s'appelle haine que lorsque nous la voyons chez les autres ; celle qui est en nous porte mille autres noms.

» La haine a pris aujourd'hui la forme d'une substance pernicieuse, fruit de recherches légitimes, fruit de ces mêmes recherches génétiques qui nous permettent de combattre les malformations ou les tumeurs, fruit de ces mêmes manipulations génétiques qui nous permettent d'améliorer et de multiplier nos ressources alimentaires. Mais fruit pervers, qui a révélé en chacun ses pires instincts.

» Depuis des millénaires, des milliards d'humains se

sont lamentés à la naissance d'une fille, et réjouis de la naissance d'un garçon. Et soudain, quelque tentateur est venu leur dire : voici, votre espoir peut devenir réalité. Depuis des millénaires, il y a des peuples, des ethnies, des races, des tribus qui rêvent d'anéantir ceux qui ont l'impardonnable tort d'être différents. Et voilà qu'un tentateur leur dit : tenez, vous pouvez les décimer, ni vu ni connu.

» Il m'arrive — vous pardonnerez, j'en suis sûr, ces élucubrations d'un vieillard — il m'arrive de penser que le Paradis terrestre mentionné dans les Écritures n'est pas un mythe des temps passés mais une prophétie, une vision d'avenir. Depuis quelques décennies, l'homme semblait en voie de bâtir ce Paradis, jamais auparavant il n'avait su maîtriser à ce point la matière, la vie, les énergies de la nature, il se promettait de vaincre la maladie ; un jour, il vaincrait peut-être le vieillissement, la mort. Mes paroles ne sont pas celles d'un mécréant ; si la science fait disparaître le Dieu du Comment, c'est pour mieux faire apparaître le Dieu du Pourquoi. Qui, lui, ne disparaîtra jamais. Je le crois capable de donner à l'homme tous les pouvoirs, même celui de maîtriser la vie et la mort, qui ne sont après tout que des phénomènes naturels. Oui, je crois Dieu capable de nous associer, nous, ses créatures, à sa création. Quand je manipule les gènes d'un poirier, j'ai la conviction profonde que Dieu m'en a donné la capacité et le droit. Mais il y a des fruits défendus. Non pas naïvement le sexe ou la connaissance, comme l'ont pensé nos ancêtres ; les fruits défendus sont plus complexes, plus difficiles à cerner, et c'est notre sagesse plus encore que nos croyances qui nous les désignera.

» Aussi chenu, aussi prétendument savant et sage que je puisse être, j'avoue ne pas savoir où se situent avec précision les limites à ne pas franchir. Sans doute un peu du côté de l'atome, et aussi dans certaines manipulations de notre cerveau ou de nos gènes. Ce qu'il m'est possible de détecter, si je puis dire, de façon plus assurée, ce sont les moments où l'humanité prend des risques mortels avec elle-même, son intégrité, son identité, sa survie. Ce sont les moments où la science la plus noble se met au service des objectifs les plus vils.

» Des événements inquiétants se sont produits ; ils ne sont rien au regard de ce qui se prépare. Je parle en pesant soigneusement chaque mot : certains malheurs ne pourront plus être évités. Prenons-en conscience, et essayons d'échapper au pire.

» Il existe, de par le monde, des milliers de villes, des millions de villages où le nombre des filles n'a cessé de décliner ; pour certains, le phénomène dure depuis près de vingt ans. Je n'ai pas l'intention de vous parler de toutes celles qu'une discrimination méprisable a empêchées de venir au monde. Là n'est plus la question. Je vais vous dire mes angoisses en termes crus, mais c'est en ces termes que le problème va se poser : je pense à ces hordes de mâles qui vont rôder pendant des années à la recherche de compagnes inexistantes ; je pense à ces foules enragées qui vont se former et grossir et se déchaîner, rendues démentes par la frustration — pas uniquement sexuelle, car ils sont aussi frustrés de toute chance d'avoir une vie normale, de bâtir une famille, un foyer, un avenir. Pouvez-vous seulement imaginer les réserves de rancœur et de violence chez ces êtres, que rien ne pourra satisfaire ni calmer ? Quelles institutions résisteront ? quelles lois ? quel ordre ? quelles valeurs ?

» Oui, il y a déjà eu, un peu partout, des explosions de violence. Mais ce n'était pas encore la violence des enragés. C'était la violence d'êtres inquiets, qui n'ont pas encore vécu eux-mêmes la frustration ; qui, eux, ont eu une famille et se sont réjouis d'avoir des fils, des héritiers. Eux protestent, s'agitent, parce qu'ils s'inquiètent de l'avenir de leurs communautés, mais leur inquiétude demeure retenue, puisqu'ils ne vivent pas le drame dans leur chair, puisqu'ils se révoltent sans certitudes contre un mal que l'humanité n'a jamais encore connu, et qui demeure donc vague, hypothétique. Demain viendront les générations du cataclysme ; les générations d'hommes sans femmes, générations amputées de tout avenir, générations de la rancœur indomptable.

» J'ai eu entre les mains un rapport confidentiel sur une grande ville du Proche-Orient. On y recense aujourd'hui, au-dessous de l'âge de dix-sept ans, un million et demi de garçons et moins de trois cent mille filles. Je n'ose même pas imaginer ce que seront les rues de cette ville dans un an, dans deux ans, dans dix ans, dans vingt ans... Aussi loin que je regarde, je ne vois que violence et démence et chaos.

» Par des calculs mesquins, cyniques, par la maudite rencontre de traditions vétustes et d'une science pervertie, la planète qui est notre patrie, l'humanité qui est notre nation vont traverser la plus grave zone de turbulences de l'Histoire, et sans même l'excuse du sort ou d'un fléau de Dieu.

» Pouvons-nous encore l'empêcher ? Nous pouvons seulement tenter d'en atténuer les effets. Si tous les moyens étaient mis en œuvre, si toutes les nations du Nord et du Sud, oubliant leurs rancœurs, passant outre à leurs différences, se mobilisaient comme elles le feraient pour une guerre ; si, dès les mois à venir, on commençait à rééquilibrer les naissances, si on se défaisait des préjugés destructeurs, si on canalisait toutes les énergies frustrées vers quelque œuvre titanesque, grandiose, créatrice, épanouissante, humanisante ; si on parvenait, sans excès de violence, à maintenir un tant soit peu de cohérence et d'ordre dans les échanges entre les continents, alors peut-être que ce navire qui nous porte ne coulera pas. Il sera secoué par la tempête, il sera endommagé, mais peut-être pourrons-nous éviter le naufrage.

L'orateur fit un pas comme pour quitter la tribune, puis il revint, l'air pensif, confus, hésitant, pour répéter cette seule parole : « Peut-être. »

Quand il descendit les marches, la réaction fut inattendue, inouïe, sans aucun précédent, à ma connaissance, dans l'histoire de l'organisation. Les délégués, quelques instants atterrés, commencèrent à se lever, l'un après l'autre, mais sans ovation, sans applaudissements. Hommage silencieux, hommage accablé. Et c'est après que Liev eut regagné sa place, après qu'il se fut assis, après qu'il eut fait asseoir ses voisins immédiats, que l'assistance se laissa retomber sur ses sièges, soudain inconfortables, soudain branlants.

Emmanuel ferma les yeux, un long moment, comme pour se soustraire à l'attention du monde. Son voisin de gauche était un membre américain du Réseau, le professeur Jim Cristobal ; sa voisine de droite n'était autre que Clarence. Quand la séance reprit, tant bien que mal, elle se pencha vers « le Vieux » pour lui chuchoter à l'oreille :

— C'est la gloire !

— En effet, la gloire. L'impuissance et la gloire.

R

Je n'étais pas allé à New York moi-même. Le Réseau y était déjà amplement représenté par Liev, par quelques membres éminents de diverses nationalités ; et Clarence, ma conjointe au secrétariat, était bien plus utile que moi dans ce voyage, ne serait-ce qu'en raison de ses contacts avec la presse. J'avais donc suivi la conférence de loin, la prestation d'Emmanuel m'avait semblé adéquate, je veux dire suffisamment dramatique pour susciter le sursaut qui s'imposait. L'attitude de l'assemblée, surtout, était bouleversante, même vue à la télévision, le commentateur ayant eu le bon goût ou le bon réflexe de se conformer au silence des délégués. C'était la nuit à Paris, et Béatrice, qui veillait à mes côtés, s'était blottie contre moi.

Je garde un souvenir ému de cette nuit-là. D'abord parce que c'était le triomphe évident de tout ce pourquoi Clarence, André, Emmanuel et moi-même avions combattu depuis des années. Ensuite, parce que j'assistais à l'événement en compagnie de l'être le plus cher. De le dire ainsi doit sonner fort naïf, mais jamais auparavant je n'avais passé une nuit blanche en tête-à-tête avec ma fille. Il y avait eu bien sûr à sa naissance, et dans les mois qui l'avaient suivie, de nombreuses nuits d'insomnie affamées et braillardes ; je ne les compte pas, c'était autre chose, elle n'était qu'un gosier, une larve ; cette fois, c'était un vrai bout de femme, une vraie et belle fille de quatorze ans. Il était trois heures du matin, nous venions de partager les mêmes appréhensions, le même enthousiasme, et aussi, à la fin, quelques doigts de champagne.

J'avais résolu d'attendre six heures du matin — minuit à New York — avant d'appeler Clarence à son hôtel. Durant les heures d'attente, je racontai à Béatrice, pour la première fois de façon cohérente et chronologique, les événements qui allaient faire l'objet de ce livre. C'est d'ailleurs en rassemblant mes souvenirs, cette nuit-là, en tentant de les organiser, de leur trouver, si je puis dire, « une logique de déballage », que me vint, pour la première fois, l'idée encore vague, encore distraite et nonchalante, de mettre un jour en forme écrite ces choses intruses dans ma vie.

Mon premier projet était de m'adresser à Béatrice, peut-être par une succession de lettres, ou par quelque autre procédé éprouvé, pour lui conter le siècle qui s'est éteint à sa naissance, sur quels bancs il avait dérapé. Et peut-être ébaucher les traits du siècle qui sera le sien.

Les parleurs, comme les auteurs, connaissent parfois cet instant où la phrase décolle, comme si l'on passait d'un stade d'éveil à un autre. On s'emballe et se transfigure. On ne parle plus, on se laisse et s'écoute parler. On n'écrit plus, on se contente de sustenter sa main pour qu'elle ne trahisse pas, monture insensible au voyage qu'on lui fait accomplir.

Au cours de cette nuit blanche en compagnie de Béatrice, je fus, pour deux longues heures, ce parleur inspiré ; si quelque enregistreur avait été branché, mon livre, jusqu'à cette ligne, aurait été écrit, d'un ton moins hésitant, d'une rigueur à l'endroit des faits bien plus conforme à ma nature que celle que je poursuis péniblement à l'âge qui est aujourd'hui le mien.

Le visage de Béatrice ne bougeait plus, tendu vers moi avec la foi délicate d'une fleur de tournesol. De la voir ainsi, je n'osais plus m'interrompre, ni dévier, ni faiblir.

Quand mon récit aboutit à la réunion de New York, je montrai d'un geste théâtral le poste qui venait de s'éteindre, l'air de dire en guise de conclusion : « Et c'est ainsi que... »

Béatrice tourna docilement les yeux vers l'écran que j'avais désigné, mais les ramena aussitôt vers moi.

— Tu sais, lorsque je rencontrerai l'homme de ma vie, j'aimerais qu'il te ressemble.

J'allais répondre, avec le sourire le plus tendrement moqueur, que toutes les filles ont toujours dit cela à leur père. Mais à la première syllabe prononcée, une larme scélérate a giclé, et mes lèvres et mes joues se sont mises à trembler.

A genoux sur le sofa, Béatrice essuya mes larmes avec le bout de sa manche, plus badine qu'à son habitude.

— N'est-ce pas honteux, un gros papa comme toi qui pleure comme une petite fille ?

— N'est-ce pas honteux, une petite fille qui dit des mots pareils à un vieux papa ?

Elle m'entoura le cou de ses bras, comme lorsqu'elle était petite fille et que je la portais chez sa nourrice, guirlande toujours aussi brune, guère plus lourde, et chaude et moite et parfumée de la bonne sueur des enfants.

Que ceux qui voient l'inceste partout ne se gênent pas pour interpréter à leur convenance : dans les bras de cette enfant de ma chair j'aurais voulu rester ainsi jusqu'à la fin des temps, son poids écrasant mes côtes, et ses cheveux répandus sur mes yeux, pourquoi les aurais-je écartés ? Qu'aurais-je désiré regarder d'autre ?

Nous étions muets maintenant, l'un et l'autre, et sa respiration se fit plus lente et son étreinte se desserra. En bougeant au plus ralenti pour ne pas la réveiller, je passai un bras sous son dos, un autre sous ses genoux, puis la portai vers son lit, où je la déposai.

En me redressant, je sentis une vertèbre crisser. Maudite charpente cinquantenaire. Pourtant, lorsqu'il m'arrive aujourd'hui encore, aujourd'hui surtout, à la suite de quelque imprudence, de raviver cette même douleur, je ne songe pas à me plaindre. Car je repense à cette nuit blanche, au minois de Béatrice, à son souffle d'endormie, à cette charge douce et lourde que j'ai déposée, et ma douleur, par le baume du souvenir, devient caresse, taquinerie, tendre pincement amoureux.

C'est au petit matin, après trois tentatives, que je pus joindre Clarence. Elle venait de rentrer d'un dînerréunion consacré à la rédaction du texte final de la conférence. Triomphante, mais épuisée, elle eut néanmoins la force de me lire les principaux points, qui reprenaient, parfois mot à mot, les avertissements d'Emmanuel Liev, et recommandaient aux participants, sur un ton poliment impérieux, une série de mesures : une interdiction stricte et globale de la fabrication et de la diffusion de la « substance » incriminée, avec destruction des stocks existants ; une législation unifiée concernant le trafic d'enfants ; un fonds généreusement doté pour assister les pays incapables de faire face à la situation par leurs propres moyens ; et surtout une vaste campagne, mondiale, tapageuse, visant à expliquer le déchaînement des haines.

J'ai suffisamment dit dans les pages précédentes, mais je me dois d'y insister à nouveau, à quel point cette dernière tâche était gigantesque. Là, il ne s'agissait plus simplement de la « substance », ni de tous ces événements auxquels j'ai pu faire allusion dans ce livre. Le problème était bien plus incommensurable, même ce vocable pompeux est ici un plat euphémisme : il s'agissait ni plus ni moins d'apaiser par une campagne d'information toutes les haines qui, à travers les millénaires, avaient dressé l'homme contre l'homme. Dire les choses ainsi ne suffit-il pas à révéler l'angélique absurdité d'une pareille tâche ? Par quel miracle cette prise de conscience pouvait-elle intervenir ? J'en discutai avec Clarence, ce matin-là, et bien d'autres fois encore dans les semaines qui suivirent.

Elle prétendait, ce qui avait quelque apparence de logique, que l'humanité avait peur, qu'elle sentait, plus que jamais auparavant, à quel point elle était menacée dans sa survie, et que l'attitude de toutes les nations à New York montrait bien qu'un sursaut était possible, en tout cas qu'il n'était pas impensable. Il ne s'agissait évidemment pas d'abolir les haines, nuançait-elle, mais de calmer leur déchaînement actuel, provoqué par la « substance ». N'y avait-il pas eu par le passé un sursaut comparable face au risque de guerre nucléaire, ce qui avait effectivement permis d'éviter le cataclysme ? De plus, ajoutait-elle, on dispose aujourd'hui de moyens de communication et de persuasion qui n'avaient jamais existé auparavant ; s'ils étaient mis en œuvre partout au même moment, avec une détermination sans faille, et des moyens illimités, le miracle pourrait se produire.

Elle argumentait avec passion, avec véhémence, avec l'acharnement de qui se bat pour sa survie et celle des siens.

— Puisque aucune doctrine n'a réussi à abolir la haine, peut-être la peur sera-t-elle meilleure conseillère ! Peut-être nous reste-t-il aujourd'hui cette chance unique !

— Voilà que tu parles comme Emmanuel Liev !

Ma phrase, pourtant anodine, sembla bouleverser ma compagne. Elle resta quelques instants silencieuse et haletante, avant de lâcher, d'une voix soudain éteinte :

— Le drame, c'est qu'Emmanuel parle en public comme moi, mais il pense comme toi.

Me sentant un peu coupable d'avoir ainsi brisé, en quelques minutes, et à distance, l'enthousiasme émouvant de Clarence, je cherchai à m'amender :

— Tu sais, Emmanuel est comme André Vallauris. Dans leur enfance, ils ont côtoyé la haine de si près qu'ils peuvent maintenant la flairer de loin, de très loin. C'est leur mérite, sauf qu'ils ont tendance à la croire revenante, et vraisemblablement invincible. J'ai moi-même subi trop lourdement l'influence d'André. Si je m'écoutais, si je cédais à mes tentations les plus vraies, je m'enfermerais chez moi à maudire le monde, à prédire des déluges, et quand ils se produiraient, je serais partagé entre la joie d'avoir eu raison et la honte d'être ainsi réjoui. Va, Clarence, enflamme-toi, bats-toi, pète le feu, car même si les événements confirmaient mon doute, mon doute restera moins noble, moins honorable que tes plus naïves espérances.

« Je t'aime » fut sa réponse, de New York à Paris. Les mêmes mots repartirent, en écho, de Paris vers New York. Puis j'ajoutai :

— Et sache que tu pourras compter jusqu'au bout sur ton Sancho Pança !

Dans la promesse que je venais de faire à mon héroïne, il y avait, je dois le reconnaître aujourd'hui, autant d'amour authentique que d'authentique duplicité. Car si j'étais prêt à la seconder jusqu'au bout, ce n'était plus de la manière dont je l'avais fait jusque-là. Je tenais à rester à ses côtés, tout autour d'elle à l'envelopper de toutes mes attentions, à lui assurer, cela dit sans sourire, un repos du guerrier moelleux et stimulant, bref, j'étais prêt à être compagnon et frère et fils et père, et plus amant que jamais. Cependant, une tentation naissait en moi, qui allait se faire de plus en plus impérieuse : celle de fuir toute activité publique pour retrouver mon laboratoire, mes livres savants, mon microscope, mes chers insectes.

Je savais que le moment était mal choisi, qu'elle prendrait une telle attitude comme une trahison, une désertion, et qu'elle aurait raison. Pourtant, le jour même, animé par ce surplus d'obsession que procurent les nuits blanches, je décidai d'appeler le directeur du Muséum, qui me proposa de passer le voir.

C'était aller un peu vite en besogne, me dira-t-on, d'autant que ma décision n'était pas prise. J'en conviens. Mais il faut agir avec les tentations comme avec certains insectes rares : si on les croise, même si l'on cherche autre chose, il faut prendre le temps de les capturer, de les répertorier, de les doter d'une nomenclature, quitte ensuite à les oublier dix ans dans un tiroir.

Je fis donc un détour par le Muséum, pour simplement dire au directeur, un collègue de longue date, que je n'excluais pas de revenir un jour vers mon laboratoire, et pour l'entendre dire qu'il y aurait toujours dans la « maison » une place pour moi, quand je le désirerais et selon la formule que je souhaiterais. Nous avions, si j'ose dire, pris date sans fixer de date. C'était exactement ce que je voulais.

En quittant son bureau, je me sentis subitement gris d'excitation et de béatitude ; plutôt que de traverser de suite la rue qui me ramènerait chez moi, je déambulai dans le Jardin des plantes, les mains nouées derrière le dos, le regard au loin, le pas vif et martelé. Et à chaque pas, ma tentation s'affirmait, se confirmait, s'implantait en moi comme une évidence longtemps bâillonnée. Comment ai-je pu contredire à ce point ma nature, m'engager dans cette vie publique que j'ai toujours tenue pour tyrannique et méprisable ? J'ai toujours voulu être, devant mon microscope comme devant la vie, de ceux qui observent et non de ceux qu'on dissèque. Par quelle perversion inconsciente ai-je pu troquer ma place contre celle de l'insecte ? Par quelle insondable démesure ai-je pu me pavaner, m'afficher ?

Plus j'arpentais les allées, plus ma cadence se précipitait, plus j'étais courroucé, mais euphorique quant à l'avenir. Dès que j'en aurais l'occasion, j'en parlerais à Clarence, à Emmanuel, puis, sans attendre, je commencerais ma métamorphose, je changerais d'allure, je me laisserais pousser une barbe broussailleuse et poivrée, broussailleuse comme il sied à un scientifique résolu à l'être et à n'être rien d'autre, poivrée comme il sied à un quinquagénaire. Ainsi, pour un temps, plus personne ne me reconnaîtrait à l'exception des proches. Jamais je n'ai subi sans souffrance le regard de l'autre. Ce n'est pas la peur des foules. Je supporte d'être sur une place grouillante et engorgée, si j'y suis anonyme ; mais d'entrer, par exemple, dans un restaurant où une personne, une seule, risque de me reconnaître, m'est insoutenable, j'en sors physiquement endolori.

Comment alors ai-je pu enseigner, me demandera-t-on ? Je m'en vais confesser l'astuce à laquelle j'avais recours pour contourner ma phobie : j'arrivais toujours en classe avant mes étudiants, je pénétrais dans une salle vide, je prenais place, j'étalais mes papiers, je me calais sur ma chaise, l'air absorbé. Plus rien ne pouvait m'ébranler. Mais lorsqu'il me fallait entrer dans un amphithéâtre, traverser l'allée sous les regards, monter à la tribune, je souffrais à chaque pas, j'aurais donné dix journées de ma vie pour me trouver ailleurs. Et, une fois assis à ma place, il me fallait un long moment pour reprendre mon souffle et articuler quelque idée intelligible.

En un mot comme en mille, je ne suis pas, je n'ai jamais été un animal public. Demain, me berçai-je, préservé par mon bouclier de barbe, je redeviendrais l'être que j'ai toujours aspiré à rester : un piéton méditatif, fasciné par les plus petites bêtes et foncièrement indifférent aux plus grandes.

Je n'attendais plus qu'une occasion ; elle fut, hélas, la plus douloureuse : la mort d'Emmanuel Liev, qui survint à quelques semaines de son quatre-vingt-neuvième anniversaire, dans la sérénité de sa demeure campagnarde.

Il n'avait pas été l'« inventeur » du Réseau des sages, puisque le mérite en revient à Vallauris ; mais, à cela près, il fut tout pour nous. C'est par ce sage que le Réseau avait obtenu son audience et chacun de ses succès ; désormais, nous avions affaire à une organisation aux dimensions de la planète, à laquelle seule la présence du « Vieux » donnait force et cohésion ; sa disparition nécessitait, à l'évidence, de réviser structures et fonctionnement. Faute d'une personnalité ayant la même stature, il fallait constituer un bureau international dont la qualité et la notoriété des membres puissent combler le vide laissé par Emmanuel ; s'imposait également un secrétariat plus étoffé, avec un siège central, des bureaux régionaux, des comités locaux, un budget.

L'ensemble de cette mise à jour — probablement nécessaire, je veux bien l'admettre — se déroula au milieu d'un cirque de tractations, de conciliabules. Je sais que c'est ainsi que les choses se passent dans toutes les assemblées humaines, dans les plus saintes congrégations, dans les plus sacrés collèges... Mais je supportais mal tout cela. J'étais loin, corps et âme. D'ailleurs, dès la mort d'Emmanuel, j'ai cessé de me raser la barbe. Et personne, pas même Clarence, pas même Béatrice, n'y vit autre chose qu'une vieillotte expression de deuil.

S

L'été de brumes et d'orages qui précéda le quinzième anniversaire de Béatrice et mon retour au laboratoire, je le passai aux Aravis, dans les Alpes de Haute-Savoie, où ma famille possède, depuis quatre générations, un pan de montagne, une grange à bétail, une grotte de flanc, une cabane de berger, le tout à l'abandon et sans route pour y conduire. Déjà du temps de mes parents, la propriété était délaissée au profit de certains lieux de villé-giature plus amènes, je n'y avais passé dans mon enfance entière qu'une courte après-midi ; nous étions dans les parages et mon père avait voulu vérifier que le terrain était « encore en place » et la grange debout ; rien de plus, et je ne pensais pas y avoir attaché le moindre souvenir.

Par quelle impulsion soudaine avais-je donc érigé ce bout de sol froid en patrie perdue ? Quelle voix m'a soufflé une nuit que c'est là, entre toutes les places, que je laisserais pousser ma barbe, que c'est là, aux Aravis, entre grange et rocs, que je chercherais retraite et paix quand l'heure en serait échue.

Ni Clarence ni Béatrice ne m'y accompagnèrent, pré-férant l'une et l'autre, mais chacune de son côté, les dou-ces paresses de la plage à mes incommodités montagnar-des ; il est vrai que je devais coucher sur un lit de fortune tandis que des ouvriers engagés à la hâte transformaient la grange en semblant de maison et le chemin d'ânes en route à peu près carrossable ; je ne leur demandais en tout que le gros œuvre, bien résolu à m'atteler moi-même, au fil des ans, et par touches d'amateur, aux amé-nagements intimes.

Je ne supportais tout bonnement plus mes mains trop urbaines et ma face trop glabre. Certains, et même les plus proches, ont dû penser alors que je traversais l'une de ces crises auxquelles les confesseurs modernes ont accolé un chapelet de noms grecs ; à les croire, chaque âge de la vie, chaque aventure de l'âme est un symptôme exigeant remèdes, égards, et chuchotements. Clarence disait, quand nous nous sommes connus, que j'étais fon-cièrement démodé et anachronique. Elle ne se trompait guère, j'ai la nostalgie de cette époque que je n'ai vécue que par les livres et dans laquelle un homme pouvait encore parler de vague à l'âme ou d'étouffement sans qu'on lui cherchât des poux dans le cortex.

Bien sûr, ma fille et ma femme me manquèrent cet été-là ; mais l'herbe des sentiers me manquait davantage, et l'odeur de la terre animale, et la solitude, et la paix des cimes ; je regardais le mont Blanc en face au lever du soleil, quand les paysages ne sont que pastel immobile ; je le regardais encore la nuit, de préférence sans lune, quand sa neige ne doit sa blancheur qu'à son éternité.

Dans la nuit franche des Aravis, tous les bruits sont insectes en quête d'amours, je me plaisais à les distinguer comme d'autres nomment les étoiles.

Je dormais peu et sans désir.

Aux Aravis, cet été-là, mon unique lien quotidien avec l'agitation lointaine du monde était un poste de radio enroué, lourdaud et vétuste, que je mettais en marche au petit matin quand, devant moi un fromage frais nappé de miel et émaillé de myrtilles, j'attendais l'heure des ouvriers.

C'est dans cette posture que j'appris, fin juillet, le drame de Naïputo. Les drames sont à l'Histoire ce que les mots sont à la pensée, on ne sait jamais s'ils la façonnent ou s'ils se bornent à la refléter. Pour avoir été, une fois par hasard, un témoin oculaire et secoué, je savais que mille petites colères avaient éclaté qui toutes annonçaient à leur manière la tragédie ; mais il existe, hélas, un seuil de nuisance en deçà duquel les bruits ne sont pas entendus, les morts ne sont pas comptés. Si j'en parle avec amertume, c'est que je demeure persuadé que le mal a longtemps été curable ; mais tant qu'il l'était, on l'avait négligé.

Voilà qu'une fois de plus, je cède à la sénile et irritante tentation de sermonner mes contemporains, alors que je m'étais imposé de m'en tenir aux faits...

Mais j'y reviens : le 27 juillet au soir, une émeute éclata dans le quartier de Motodi, habité par l'ethnie du même nom ; les accusations qui furent proférées étaient à présent routinières et rituelles : « stérilisation », « discrimination », « castration », « génocide » — je ne maintiens les guillemets que pour souligner ma réserve à l'égard de ces formulations sans nuance, mais ce ne sont que les réserves d'un spectateur abrité ; à Naïputo, chaque mot tonnait comme un coup de boutoir.

Ce que j'avais pu observer de la colère villageoise au bord du Nataval était encore timide et bon enfant, et sa cible n'était que la façade vérolée d'un dispensaire rural. Comment ma brève et dérisoire expérience pouvait-elle m'éclairer sur ce qui se déroulait à Naïputo ? Une piqûre d'abeille sur un doigt fureteur peut-elle donner quelque idée juste de la furie d'une ruche violée ?

On dit que l'émeute surgit de mille ruelles à la fois, qu'elle convergea vers le centre de la capitale, saccageant tout, incendiant sur son passage des villas, des galeries marchandes, des banques, des ambassades.

Aux abords du palais présidentiel, des soldats terrifiés mitraillèrent dans le tas, les émeutiers tombèrent par centaines, mais d'autres affluaient par les rues latérales, sautaient le mur, parvenant à briser la petite grille appelée « l'entrée des jardiniers ». Les Motodis en colère s'y engouffrèrent. Armés de bâtons, de couteaux, de quelques pistolets, ou de carabines, ils envahirent bientôt le palais et chacune de ses salles ; le chef de l'État, qui donnait une réception, fut massacré avec sa famille, ses proches, et la plupart de ses invités. Avant l'aube, la Radio-télévision officielle, le Centre de communications internationales, nouvellement inauguré, ainsi que la plupart des bâtiments publics avaient été pillés et incendiés.

Dès que ces nouvelles se furent répandues, l'armée se désintégra, chaque officier, sous-officier ou soldat rejoignant à la hâte le territoire de son ethnie, le seul où il pût se sentir en sécurité. Naïputo est un damier de ghettos sourcilleux, les tueries s'y poursuivirent sans répit, gagnant, de proche en proche, l'ensemble des provinces.

Ce qui émut le monde extérieur, c'est que des milliers de touristes de toutes nationalités étaient répandus par tout le pays ; plusieurs centaines, disait-on, s'étaient rassemblés dans un grand hôtel du centre. Comment les secourir ? Les autorités du pays n'existaient pour ainsi dire plus, les forces de l'ordre étaient morcelées en bandes rivales, ou, selon l'expression cruelle d'un commentateur de l'époque, « revenues à leurs éléments premiers ». Les aéroports étaient fermés, les communications avec le reste du monde totalement rompues, et, selon toute vraisemblance, la plupart des ambassades étrangères avaient été prises d'assaut.

Les chancelleries gardaient un silence d'obsèques. Les capitales se concertaient sur l'attitude à suivre.

Intervenir ? Mais en quels points de cet immense brasier ? et avec quels moyens ? et contre qui ?

Lancer des avertissements ? Mais quels responsables étaient encore en place ou en vie pour en tenir compte ?

Attendre et observer ? Mais chaque heure perdue pouvait signifier la mort de centaines d'étrangers...

Bien entendu, chaque pays songeait d'abord à ses ressortissants. Ce n'est pas une critique, je me borne à constater que dans le Nord comme dans le Sud on se préoccupe d'abord du sort de sa propre ethnie, c'est ainsi, je ne jetterai de pierre à personne. Moi-même, d'ailleurs, en écoutant ces nouvelles, qu'ai-je fait avant toute chose ? Je me suis empressé d'appeler Clarence, chez ses parents à Sète, pour m'assurer que ma journaliste de femme ne nourrissait pas le projet insensé d'aller observer de près cette tuerie !

T

De tous les bouleversements sanglants qui avaient affecté les pays du Sud au cours des précédentes décennies, qu'est-ce qui a fait du drame de Naïputo cet événement phare, ce tournant, ce « Sarajevo du nouveau siècle », comme l'a qualifié un historien d'aujourd'hui ?

L'écroulement subit et inattendu de toute autorité, le déchaînement des violences, l'hostilité ouverte à l'égard du Nord, de tout ce qui le représente ou le symbolise, tout cela était, on le comprend aisément, désarmant et déboussolant, tant pour le public que pour les responsables. Mais plus grave était le fait que les ingrédients du drame existaient tous, sans exception, et avec les mêmes potentialités d'horreur, d'imprévisible démence, dans dix, vingt, cent autres Naïputo de par le monde !

Partout ladite « stérilisation » avait fait ses ravages, partout on avait pu observer les prémices des grands débordements, partout montait, à l'évidence, la même rancœur contre le Nord et ses « suppôts » de l'intérieur. Avec des accusations qu'un observateur impartial n'aurait pas jugées convaincantes, mais on ne convainc pas une foule, on l'enflamme : il y avait une rage légitime et des apparences de preuves, cela suffisait. Cela a suffi.

Il serait injuste de ne pas ajouter que des individus tels que Foulbot et ses émules n'ont fait qu'exaspérer une situation déjà, et de longue date, irrémédiablement compromise ; ils n'ont inventé ni la pauvreté, ni la corruption, ni l'arbitraire, ni les innombrables ségrégations ; ils n'ont pas creusé de leurs mains cette « faille horizontale » entre Nord et Sud ; dans leurs cerveaux d'apprentis sorciers, ils cherchaient peut-être des remèdes à ces maux ; mais leur invention fut la mèche qui manquait au baril.

En citant la comparaison avec Sarajevo, j'ai conscience d'avoir repris à mon compte une habitude de pensée commune et fallacieuse. Qui se propose de raconter une guerre se voit contraint de dater le déclenchement des hostilités et de montrer du doigt quelque acte irréparable. Mais pour moi, qui tourne plutôt dans l'orbite de ma science que dans celle de l'Histoire, de tels enchaînements ne m'aident guère à comprendre. J'ai tendance à penser que les bouleversements graves mènent une longue existence souterraine. Ainsi des cataclysmes, ainsi des maux sournois. Ils ne naissent pas, ils se déclarent. Ainsi des guerres.

Oui, pourquoi le nier, je songe une fois de plus aux larves des insectes. C'est l'univers que j'ai fréquenté, j'y ai mes seuls repères, mes rares certitudes : les monstres d'aujourd'hui sont nés avant-hier, mais combien savent voir sous le masque l'image ? Rien, dans l'atroce réalité du siècle de ma vieillesse, n'était impensable, imprévisible, inévitable il y a cinquante ou quatre-vingt-dix ans ; rien pourtant n'a été pensé, rien n'a été prévu, rien n'a été évité.

Mais à quoi bon remonter la chaîne des causalités ? A quoi bon contrarier les logiques apparentes ? Mieux vaut aligner les péripéties.

Après trois jours d'incertitude vint la confirmation des plus atroces rumeurs : oui, la tuerie se poursuivait, à Naïputo comme sur toute l'étendue du pays, au canon comme à l'arme blanche ; oui, des centaines d'étrangers étaient morts, des diplomates, des touristes, des expatriés, des voyageurs d'affaires ; et non, rien n'indiquait que l'ordre serait bientôt rétabli. « Les coupables seront punis », déclarait-on à Washington, à Londres, à Berlin, à Moscou, à Paris et ailleurs ; encore fallait-il que les coupables aient un visage et un nom.

On en venait à regretter ce temps où le Nord était double, et où, pour s'attaquer à l'une des puissances, on recourait au parrainage de l'autre, et à ses armes, et à son jargon.

Car plus que le détail des massacres, plus même que les images et les témoignages qui, peu à peu, suintaient vers l'extérieur, ce qui conféra au drame de Naïputo son caractère monstrueux qui devait s'attarder dans nos mémoires, ce fut cette impression que donnait le monde entier d'être sans bras et sans repères, comme si l'Histoire s'était mise soudain à baragouiner une langue indéchiffrable, une langue ressuscitée d'un autre âge, ou atterrie d'une autre planète.

Aujourd'hui, je m'explique un peu mieux le phénomène. Lorsqu'une population s'estime menacée dans sa survie, on assiste parfois à un écroulement subit de tous les codes sociaux qui régissent d'ordinaire son comportement. Que de communautés, que de tribus se sentaient alors en voie d'extinction ! Quels barrages pouvaient endiguer leur démence ?

Naïputo ne fut qu'une étape sur un long chemin de calvaire. A peine y avait-on rétabli un semblant d'ordre, et cantonné chaque ethnie dans son terri- toire, que d'autres drames éclataient dans d'autres contrées, suivant le même modèle sanglant. Les historiens parlent à présent du « syndrome de Naïputo » ; à l'époque, on disait « contagion ». Ce dernier mot est impropre. Lorsque les œufs d'un même scorpion éclosent l'un après l'autre, on ne peut, au sens strict, parler de contagion. Mais il y eut, à n'en pas douter, un phénomène de mimétisme que Gulliver aurait très certainement remarqué s'il avait vécu à notre époque : lorsqu'on voit, sur un milliard d'écrans, un Grand-Boutien en train d'égorger un Petit-Boutien, tous les Petit-Boutiens de la Terre se sentent menacés et bien des Grand-Boutiens se découvrent l'âme meurtrière.

Les spécialistes ne connaissent-ils pas le mimétisme des pyromanes, que les médias amplifient ? L'image de ces foules appelant à la mort des « stérilisateurs » ne pouvait demeurer sans écho chez des populations frappées du même mal.

Après Naïputo, à qui le tour ? Des esprits lucides ou chagrins reniflaient un peu partout des « symptômes », des « révélateurs », des « prémices », des « signes avant-coureurs ». A les croire, peu de pays allaient être épargnés.

Pour un temps, ce drame m'éloigna de Clarence. Nous avions la même vision des périls, mais elle y puisait de nouvelles raisons de se battre alors que j'avais hâte, plus que jamais, de renouer avec la vie de laboratoire. Quand la parole avait un sens, j'avais dit quelques mots. Quand la sagesse avait un rôle pour moi, j'étais monté sur scène. Désormais nous vivions à l'âge de la démence, je n'y étais qu'un intrus, une vieillerie, une survivance, un anachronisme — à quoi bon se mentir ? pourquoi faire mine de s'opposer au déferlement de la haine quand les plus grands étalaient leur impuissance ?

J'avais le discours de mon tempérament et Clarence le sien. Je l'admirais, elle ne me reprochait rien, nous discutions sans acrimonie. Mais nos chemins s'écartaient.

Elle s'était mis en tête de former, dans les contrées les plus turbulentes, des « comités de sages » affiliés au Réseau, et qui, par leur influence sur l'opinion et les dirigeants, par le respect qu'ils inspireraient à chacun, seraient autant de « barrages » pour contenir la montée des violences. Cette tâche aux dimensions planétaires amenait Clarence à parcourir sans cesse les continents, Paris n'étant, au mieux, qu'une escale fréquente.

J'avais dû effectuer, quant à moi, durant la même période, un déplacement d'une tout autre nature, qui doit paraître dérisoire aux yeux du lecteur d'aujourd'hui, mais qui exigeait de moi un constant effort d'adaptation. Lorsque j'avais confirmé au directeur du Muséum ma décision ferme de réintégrer la « maison », il m'avait répété que j'y étais toujours le bienvenu ; mais en ajoutant, sans avoir l'air de poser une condition, que cela l'arrangerait, ainsi que mes collègues, si je pouvais opérer une légère reconversion : plutôt que de m'occuper, comme je l'avais fait jusque-là, des coléoptères, peut-être consentirais-je à animer, pour un an ou deux, un groupe de recherche sur les lépidoptères.

« Les papillons ? » Ma réaction première fut de surprise et de quelque mépris. Je ne suis pas plus insensible qu'un autre à la joliesse de ces créatures, à l'élégance de leurs coups d'ailes ; elles peuvent même atteindre à une réelle somptuosité dans certains champs de lumière. Seulement, j'avais toujours préféré me pencher sur des beautés moins éclatantes à l'œil nu.

« Oui, les papillons », reprit le directeur, et dans sa bouche autant que dans la mienne, cette appellation commune sonnait comme un mot d'argot, s'accompagnant obligatoirement d'un toussotement dédaigneux. « Je vous le suggère parce qu'il y a une place vacante, mais je n'insiste pas, je sais que des personnes plus jeunes que vous et moi hésiteraient à dévier ainsi de leurs sujets de prédilection. » Il n'insistait pas, mais, sans insister, il me mettait discrètement au défi de me lancer dans un nouveau domaine de recherches à un âge si avancé. « Je n'ignore pas que vous étiez, à trente ans déjà, une autorité sur les coléoptères, et que vous l'êtes toujours malgré ces années de coupure. Vous n'avez qu'un mot à dire, et je vous confie à nouveau ce secteur. » La personne qui s'en était chargée durant mon absence s'écarterait volontiers, précisa-t-il sur le ton le moins convaincant possible.

J'avais compris. « Va pour les papillons ! » Je ne voulais pas que mon retour bouscule les positions acquises. Et puis le défi me stimulait. Je me sentais parfaitement capable d'explorer des voies nouvelles, et j'avais hâte de le démontrer.

N'exagérons rien, me dira-t-on, je ne changeais pas de métier, ni même de discipline. J'étais toujours chez les insectes. Mais entre un scarabée et un astyanax, il y a à peu près autant de ressemblance qu'entre un aigle et un chimpanzé. Dans mes études d'entomologie, j'avais cer-

tes étudié tous les ordres et les sous-ordres, les lépidoptères comme les diptères, les mégaloptères ou les apocri-
tes. Mais ce n'était qu'un survol, et c'était il y a des lustres.
Et puis, j'ai déjà eu l'occasion de le signaler, avec mes
trois cent soixante mille espèces de coléoptères, j'avais
déjà de quoi occuper mes journées ! Qu'à cela ne tienne,
me dis-je, je me recyclerai, dussé-je me replonger dans
tous les vieux classiques depuis Linné.

C'est ainsi qu'au hasard des lectures je fis connaissance avec les uranies. Sans doute les avait-on mention-
nées devant moi dans un cours, le nom ne m'était pas
étranger. Mais je ne savais rien de leur robe ni de leurs
habitudes. Grande comme une main d'enfant, striée de
vert métallique, de noir brillant, parfois aussi de rouge
orangé, avec, à l'arrière, un liséré blanc, l'uranie peut
s'observer dans diverses régions du globe, du Pacifique à
Madagascar, de l'Inde à l'Amazonie. L'espèce qui a
retenu plus particulièrement mon attention est celle que
l'on connaît sous l'appellation d'*Urania ripheus*, et que
l'on rencontre notamment en Amérique tropicale.

Les savants qui s'y sont intéressés ont pu observer un
phénomène surprenant et spectaculaire : certains jours
de l'année, ces uranies se rassemblent par dizaines de
milliers dans des lieux où la forêt touche à l'océan, puis
elles s'envolent droit devant elles, sur des centaines de
milles marins, jusqu'à ce que, ne trouvant nulle île où se
poser, elles tombent d'épuisement et se noient.

Certaines femelles déposent leurs œufs dans la forêt
avant la migration, ce qui assure la survie de l'espèce :
mais la plupart s'envolent encore grosses, entraînant
leur progéniture dans leur suicide collectif.

Le vol des uranies me fascina dès l'instant où j'eus sous
les yeux le compte rendu des premières observations. Je
me demandais si ce voyage vers le néant reflétait une
« panne » de l'instinct de survie, un dérèglement génétique, une tragique « erreur de transmission » dans les
signes codés qui semblent régir ces migrations ; on pouvait multiplier les hypothèses.

Instant béni dans l'existence d'un chercheur que celui
où il se découvre une nouvelle passion. A cette étape de

mon itinéraire, j'en avais besoin. J'étais déjà si habité par mon sujet que je réussis sans peine à convaincre la quinzaine d'étudiants dont je dirigeais les travaux de consacrer une tranche de leur temps aux uranies. Je leur fis miroiter, sans intention de les tromper, l'éventualité d'une expédition au Costa Rica. Mais je ne réussis pas à obtenir les crédits nécessaires à une vraie mission d'étude. Aurais-je surmonté cette difficulté, je me demande comment j'aurais pu m'éloigner de Paris — c'est-à-dire de Béatrice — pendant les mois qu'aurait exigés une telle recherche, alors que Clarence était si souvent absente.

Il m'arrive encore de regretter de n'avoir pas effectué ce voyage. Mais, l'âge aidant, je me console en me disant que l'observation sur le terrain aurait été instructive mais fastidieuse, et qu'elle n'aurait sans doute rien ajouté aux faits que l'on connaissait déjà ; il était parfaitement concevable et légitime pour mon équipe de se pencher sur les travaux d'observation effectués par d'autres pour les assimiler et tenter de les interpréter.

Nous avons pu formuler certaines hypothèses. Elles ont fait l'objet d'une monographie que les circonstances ne m'ont pas donné le loisir de publier et qui se trouve encore dans mes tiroirs. J'y exprime l'opinion que le comportement des uranies ne résulte pas d'une perte de l'instinct de conservation, mais, au contraire, de la survivance d'un réflexe ancestral qui conduit encore ces bestioles vers un lieu où elles se reproduisaient autrefois, peut-être une île qui aurait disparu ; ainsi, leur suicide apparent serait un acte involontaire causé par une mauvaise adaptation de l'instinct de survie à des réalités nouvelles ; ces idées avaient séduit mes étudiants, mais certains collègues s'étaient montrés sceptiques quant à la formulation.

Les uranies occupèrent l'essentiel des deux premières années de ma carrière scientifique retrouvée. Le temps qui me restait, je le consacrais aux Aravis, où Béatrice m'accompagnait parfois et participait aux travaux. La maison prenait forme et âme, bien qu'avec un confort plutôt rudimentaire ; seule concession à l'appareillage moderne, j'y avais installé ce commode dispositif permettant, à distance, de mettre le chauffage en marche, afin d'éviter le déplaisir de pénétrer dans un vaste lieu glacial. Il ne se passait jamais deux semaines sans que je m'y rende ; même l'enneigement des routes ne parvenait pas à m'en dissuader.

Clarence n'y était jamais venue encore, mais nous avions formé le projet d'y passer un mois d'été, tous les trois réunis ; un mois paisible, casanier, sédentaire, réparateur. Ces mots éveillaient chez ma compagne une douce envie qu'elle s'imposait de faire taire. Parfois, dans l'obscurité de notre chambre, elle avouait une certaine lassitude, mais elle avait choisi d'être un rouage, elle ne se sentait plus le droit de s'arrêter, même pour une pause. A aucun prix elle n'aurait voulu que ses faiblesses entravent son combat.

J'avais tout de même réussi à lui arracher la promesse de ce mois de paix, en faisant notamment valoir que bientôt notre fille n'accepterait plus de passer les vacances avec ses « vieux », et que sa mère avait le devoir de rester plus souvent auprès d'elle, à lui parler, à l'écouter. Malgré mon respect pour l'engagement de Clarence, comme pour sa gestion du temps, j'étais décidé à exercer toutes les pressions nécessaires pour l'obliger à respecter sa promesse.

Je n'eus, hélas, pas besoin d'user de mon influence, ni de mon douteux pouvoir de persuasion. Une main inconnue allait décider pour nous, avec la plus implacable efficacité.

U

Clarence était partie pour une tournée en Afrique. Au dernier moment, et en prenant soin de ne pas m'en avertir, elle avait subitement décidé de faire escale pour deux jours à Naïputo. Il est vrai que, depuis des mois, on n'y avait signalé aucune tuerie, mais la situation y demeurait incertaine, instable, « volatile ».

Ma compagne voulait reprendre contact avec le pays, redonner vigueur à une antenne du Réseau des sages qui s'y était formée et ne parvenait pas à se faire écouter ; par la même occasion, elle espérait revoir quelques personnes qu'elle avait connues lors de précédents voyages, en particulier Nancy Uhuru, la propriétaire de la « Mansion », avec qui elle s'était liée d'amitié lors de notre séjour, douze ans plus tôt.

Arrivée à l'aéroport, où régnait un semblant d'ordre, mais sans autre affluence que celle des mendiants, elle fut étonnée de devoir expliquer au tout jeune chauffeur de taxi où se trouvait Uhuru Mansion. Déjà, elle aurait dû se méfier. Et plus encore lorsque l'homme l'avertit que la route n'était plus guère fréquentée.

Le véhicule ne se trouvait plus pourtant qu'à deux minutes du but lorsqu'il fut intercepté par des hommes en habit militaire ; le chauffeur fut contraint de s'arrêter auprès d'une barricade sommaire — une grosse branche, un tonneau éventré, quelques pierres en tas, et surtout des mitraillettes braquées. Il s'agissait sans doute de l'une des bandes de soldats devenus pillards et qui sévissaient à travers tout le pays. La presse étrangère disait qu'ils n'opéraient plus au voisinage de la capitale ; à l'évidence, il n'en était rien.

Clarence reçut l'ordre de mettre pied à terre. Par quelque hasard, son chauffeur appartenait à la même ethnie que les brigands, qui lui laissèrent son véhicule, se contentant de « confisquer » les bagages de sa passagère. Quand celle-ci protesta, haussa le ton, se fit menaçante, allant jusqu'à arracher à l'un des agresseurs le sac à main où se trouvaient son passeport, son argent, ses clés, ses papiers, elle reçut sur l'arrière du crâne un coup de crosse qui l'étala par terre, inconsciente.

Le chauffeur la traîna vers la voiture, et au prix de patientes palabres, obtint l'autorisation de poursuivre son chemin.

Fort heureusement, Nancy Uhuru était là, toujours ample et souriante malgré le délabrement de sa « Mansion » où, bien entendu, aucun client ne s'était aventuré depuis fort longtemps. Elle fit transporter Clarence vers un hôpital géré par la Croix-Rouge, où l'on diagnostiqua un grave traumatisme crânien.

Quand l'accident avait eu lieu, Nancy était trop préoccupée du sort de la victime et des soins qu'on lui apportait pour chercher à me joindre ; de plus, elle n'avait plus mes coordonnées et aucun papier n'avait été laissé sur Clarence qui pût indiquer une adresse.

J'avais donc continué pendant cinq jours à vivre ma routine quotidienne, sans le moindre pressentiment, sans la moindre inquiétude, d'autant que ma compagne avait l'habitude de passer de longs moments sans donner de ses nouvelles.

C'est de Genève, du siège de la Croix-Rouge, que je reçus un message sur mon répondeur, me laissant seulement un numéro de téléphone et me demandant de rappeler d'urgence.

Quel fut le pire moment de tous ? Pas celui où j'appris l'attaque dont Clarence avait été victime, et la gravité de son état. Non, cela, dès que j'avais reçu l'appel, je le redoutais, et mes lèvres marmonnaient seulement, litanie fébrile : « Pourvu qu'elle soit en vie ! » Le pire moment ne fut pas non plus celui où je l'aperçus, étendue, toujours inconsciente, « bandagée » comme une momie, entourée d'instruments lumineux et bruissants. Non, le pire moment fut celui où, ayant formé le numéro à Genève, ayant compté les quatre mesures de sonnerie, j'entendis quelqu'un décrocher, et que je dus articuler les syllabes de mon nom en attendant le verdict.

— J'ai une nouvelle grave à vous communiquer, mais la personne concernée est vivante, dans un état stationnaire. Vous êtes bien le compagnon de Clarence...

Vivante. Vivante. C'était tout ce que je demandais au ciel.

La voix m'informa en quelques mots de ce qui lui était arrivé, et des soins qui lui avaient été prodigués jusquelà. On envisageait de la rapatrier sur Paris dans les soixante-douze heures.

— Si le délai avait été plus long, nous vous aurions proposé d'aller à son chevet.

L'homme qui me parlait avait visiblement l'habitude

de traiter avec les proches des personnes accidentées, il avait un ton grave qui ne prétendait nullement rassurer à bon compte, et qui, par cela même, se révélait apaisant. Il précédait les demandes que j'aurais pu formuler, les contournait, parvenant finalement à me faire patienter le plus longtemps possible afin que je ne vienne pas m'agiter entre les pattes des équipes de secours.

— Je vous suggérerai de nous retrouver seulement à l'hôpital.

Trois jours plus tard, j'étais installé, la tête dans les mains, les coudes plantés dans les cuisses, sur une chaise en plastique au chevet de ma compagne inerte. A mes côtés, Béatrice, silencieuse, les yeux froncés et fixes, comme si elle faisait l'apprentissage de la gravité.

Les premiers jours, je restais là, mal assis, bougeottant, déconcentré, dévidant les images du passé. Puis je commençai à venir avec un livre ; de temps à autre, quand j'étais seul avec Clarence, j'essayais de parler à voix haute, m'adressant à elle, la rassurant sur son état ; j'avais lu que les malades, même dans un état comateux, pouvaient entendre et comprendre ce qui se disait autour d'eux, et que même s'ils ne s'en souvenaient pas en reprenant connaissance, leur moral en était parfois rehaussé. J'en touchai un mot au neurologue qui la surveillait, il ne chercha pas vraiment à me détromper. « Sans doute, quand le coma n'est pas trop profond... » Mais dans ses yeux malicieux, je lisais : « Si cela n'aide pas le malade, cela peut aider ses proches. »

Il est vrai que nous étions, Béatrice et moi, en ces journées, bien plus vulnérables que Clarence. Je me souvins alors d'une phrase que ma compagne avait prononcée au cours d'une de nos premières rencontres. Je venais de lui dire que lorsqu'on aime quelqu'un, la chose que l'on souhaite le plus, c'est de quitter ce monde avant lui. Elle avait rétorqué, d'une voix frivole : « Mourir est un geste égoïste ! » L'état dans lequel elle s'était mise à présent était-il moins égoïste ? Elle aurait pu passer de l'insouciance du coma à l'insouciance de la mort sans un regard pour celui qui l'aimait, et qui ne retrouverait jamais, elle partie, le même goût de vivre ; cet abandon me paraissait quelque peu cavalier.

On le voit, toutes mes pensées d'alors n'étaient pas tendres à l'égard de Clarence. Je lui en voulais de s'être ainsi exposée, bien plus que je n'en voulais à l'inconnu qui l'avait frappée. Ce dernier n'avait, à mes yeux, ni existence ni responsabilité, il faisait partie de ces êtres hagards, chaque jour plus nombreux, et qui se multiplieraient encore, aussi victimes que bourreaux, monstres nés du chaos et qui le perpétuaient. Mais Clarence, elle, quelle excuse pouvait-elle avoir ?

De mes yeux je l'accablais, et l'instant d'après je la couvais à nouveau, lui promettant, si elle me faisait le cadeau de survivre, de ne plus m'éloigner d'elle et de pallier toutes ses infirmités.

Son accident était survenu à la mi-mars, le 14 très exactement ; et c'est seulement le 2 juin, dans l'après-midi, que ses lèvres bougèrent à nouveau. Elle ne disait encore rien de compréhensible, mais c'était déjà une résurrection. Il est vrai que les médecins m'avaient très tôt rassuré quant à l'essentiel : le cerveau ne semblait pas endommagé ; il suffisait d'attendre, elle bougerait certainement à nouveau, elle reparlerait, elle se relèverait. Mais pour moi, ce n'étaient encore que des boniments ; plus que les paroles des médecins j'attendais celles de Clarence.

Ce même 2 juin, date à jamais bénie — elle ouvrit les yeux, et je vis bien que dans ses bandages habitait encore l'intelligence qui m'avait séduit.

Désormais, je pus observer d'heure en heure sa renaissance ; je lui parlais longuement, elle semblait écouter sans fatigue, et parfois sourire, approuver, douter, parlant peu elle-même, et lentement, mais, au bout de quelques jours, assez distinctement pour que je sois amplement rassuré sur ses facultés intellectuelles.

Elle devait traîner longtemps encore les séquelles de cette agression, toutes les années à venir seraient pour nous deux une patiente rééducation, une lente remontée. Mais dans cette infortune, nous avions fini par voir une chance : « Alors que d'autres déclinent avec l'âge, moi, disait Clarence, je retrouve à cinquante ans un privilège qui est celui des enfants, progresser pas à pas, réapprendre les gestes et les joies. »

Elle le disait avec un visage si frais, si épanoui, qu'elle finit par me persuader qu'il fallait à tout être une bonne chute avant d'aborder l'autre versant de la vie. Pour les individus, les sociétés humaines, et pour l'espèce aussi. Le second souffle est peut-être à ce prix.

V

C'est en l'an vingt du siècle de Béatrice, en juillet, pendant que Clarence, cramponnée à mon bras, faisait sa promenade matinale d'un bout à l'autre du séjour, que fut annoncée, dans un flash haletant, la mort du maître de Rimal, Abdane, « le général très pieux », despote depuis seize ans d'un des plus riches pays du Sud.

Quelques années plus tôt, une telle disparition n'aurait suscité chez nous qu'un légitime soulagement ; nous avions vécu, encore jeunes, ces périodes euphoriques où les molochs s'abattaient l'un après l'autre, quilles monstrueuses dont nos yeux s'amusaient. Mais le temps nous avait changés, nous avions appris à redouter le chaos plus que le despotisme, trop d'écroulements s'étaient produits depuis Naïputo, trop de sauvagerie en avait résulté, trop de régression, pour que le changement à lui seul nous enthousiasme, pour que les slogans nous appâtent. Ce serait risible, n'est-ce pas, de demander si c'était moi qui vieillissais ou bien l'Histoire, mais la réponse ne me paraît toujours pas évidente.

Abdane, lors de son ascension, avait mis fin à une monarchie absolument corrompue ; il avait dit liberté, république, et ces vierges mille fois violées étaient redevenues vierges ; nous avions besoin de croire, Abdane nous avait laissés croire. Quand il avait fusillé, peu après son arrivée au pouvoir, un adjoint trop ambitieux, nous avions détourné les yeux, persuadés qu'il ne fallait pas condamner toute son expérience pour cet acte de légitime défense. Persuadés aussi, mais nous ne mesurions

134

pas alors ce qu'impliquait notre attitude, qu'en tant que fils du Nord, nantis, privilégiés, anciens colonisateurs, nous n'avions pas à donner des leçons aux peuples du Sud.

Je le répète, nous ne voyions en aucune manière l'implication de notre attitude. Nous — c'est-à-dire moi, ma génération, et celles qui nous entouraient — étions révoltés si un opposant ukrainien était réduit au silence, mais si un Rimalien était jeté dans un cachot, nous retrouvions subitement les notions oubliées de non-ingérence. A croire que la décolonisation a commencé avec Ponce Pilate. C'est peut-être ainsi que s'est creusée dans les esprits cette « faille horizontale », ligne de partage des valeurs morales, ou, comme l'aurait dit un philosophe oublié du temps de mon enfance, ligne de partage entre « les hommes et les indigènes ». A l'époque même où l'apartheid refluait, cette notion de « développement séparé » s'était imposée à l'échelle de la planète entière : d'un côté, les nations civilisées, avec leurs citoyens, leurs institutions ; de l'autre, des espèces de « bantoustans », réserves pittoresques gouvernées selon leurs coutumes, dont il fallait s'ébahir.

Je me souviens d'avoir rencontré un universitaire rimalien qui en arrivait à regretter le temps où l'on parlait encore de « mission civilisatrice » ; du moins admettait-on alors, ne serait-ce qu'en pure théorie, que tout le monde était civilisable. Plus pernicieuse, à son avis, était « l'attitude qui consiste à proclamer que tout le monde est civilisé, par définition, et au même degré, que toutes les valeurs se valent, que tout ce qui est humain est humaniste, et qu'en conséquence chacun doit suivre la pente inscrite dans ses racines ».

Le jeune homme couvrait sa rage d'un voile de froid persiflage : « Autrefois, nous subissions le racisme méprisant ; aujourd'hui, nous subissons le racisme respectueux. Indifférent à nos aspirations, attendri par nos pesanteurs. La plus vile survivance, la plus dégradante mutilation devient « héritage culturel ». Chacun son siècle ! »

Tel était le sentiment de nombreux Rimaliens, surtout dans la frange la plus instruite. Abdane, à l'inverse, se félicitait de voir reconnaître sa spécificité, son authenticité ; il se drapait de l'ample habit traditionnel pour bien signifier qu'il entendait jouer le jeu du pouvoir selon ses propres règles, que les ancêtres bien complaisamment approuvaient. Et quand leurs voix millénaires quelquefois se taisaient, Abdane savait se faire ventriloque, et volontiers faussaire.

Longtemps, cette habileté avait suffi. Ses sujets étaient dociles ; et nous, gens du Nord, étions subjugués. Corrompu ? Dépravé derrière les hauts murs de ses palais ? Mais il préservait dans les rues, à coups de gourdin, la collective piété. Avait-il installé à tous les postes importants ses nombreux frères et cousins ? Au Nord, on aurait parlé de népotisme ; s'agissant du Sud, on disait « assise familiale ». Bien des notions avaient ainsi besoin d'être traduites dès qu'elles traversaient la « faille horizontale ». C'est Clarence qui me l'avait fait remarquer : un Européen qui s'opposait à un régime autoritaire était appelé « dissident » ; mais lorsqu'elle avait parlé un jour, dans un article, de « dissident africain », un rédacteur en chef, jugeant le terme impropre, l'avait remplacé d'office par « opposant », sans même éprouver le besoin de la consulter, comme s'il corrigeait une faute de style ou d'orthographe. Dans le même ordre d'idées, un travailleur du Sud installé dans le Nord était appelé « immigré » ; un travailleur du Nord installé dans le Sud était dit « expatrié ». Ne confondons pas !

Je ne voudrais pas accumuler les exemples, ma seule intention ici est de rappeler à ceux qui ont moins de trente ans, ou qui auraient oublié, quelle atmosphère régnait alors, quelles brumes faisaient écran dès qu'il était question des turbulences du Sud.

Le soulèvement contre Abdane avait eu lieu peu avant l'aube. Des officiers de la garde avaient pénétré dans le harem du général et l'avaient massacré avec l'épouse qui partageait sa nuit ; au même moment, d'autres militaires s'étaient emparés du siège de la télévision pour annoncer la mort du « tyran infidèle, apostat, hypocrite, valet de l'Occident corrupteur et stérilisateur », et pour appeler le peuple à la révolte. Ils furent tout de suite entendus, sans doute avaient-ils de puissants relais dans divers quartiers. On s'attaqua d'abord aux proches du général, aux membres de son clan, à ses collaborateurs ; plus tard dans la journée, et sans que l'on sache s'il s'agissait de la poursuite du même plan insurrectionnel ou d'un dérapage, on s'en prit aux bâtiments modernes où les compagnies étrangères avaient leurs bureaux. Puis on déferla sur les quartiers résidentiels où les villas des expatriés alternaient avec celles des riches Rimaliens ; ce fut alors une orgie de meurtres, de viols, de torture, de destruction ; bien plus de destruction, d'ailleurs, que de pillage, comme l'ont observé les témoins survivants ; les émeutiers ne réclamaient rien, ne volaient rien, leur haine ne s'embarrassait d'aucune avidité.

C'est important à préciser, car on parla alors — et même aujourd'hui, il m'arrive de le lire dans certains livres peu rigoureux — d'un « nouveau Naïputo ». N'est-ce pas un peu simpliste d'appeler ainsi toute explosion subite qui débouche sur le chaos ? Il y avait pourtant, entre les deux événements, cette différence de nature à laquelle Emmanuel Liev avait fait allusion dans son discours à New York, et que seules les personnes proches du Réseau des sages et de ses préoccupations savaient alors détecter : pour simplifier, je dirai qu'à Naïputo, les émeutiers avaient encore des femmes, mais n'avaient plus de filles ; à Rimal, ceux qui s'étaient révoltés, à commencer par les officiers rebelles, se sentaient condamnés à passer leur vie entière sans femmes, sans enfants, sans foyer.

Pourquoi justement à Rimal ? Sans doute parce que dans ce pays, riche et cependant rétrograde, la « substance » et les méthodes apparentées furent utilisées très tôt, et à une grande échelle. Nulle part la foi en la supériorité absolue du mâle n'était aussi indiscutée, et nulle part, dans les contrées du Sud, la technologie moderne, principalement dans le domaine médical, n'était aussi accessible. Sans aucun garde-fou moral ni pécuniaire, les méthodes de natalité sélective s'étaient répandues très vite, dans toutes les couches de la population sédentaire ou nomade. A Naïputo, durant l'année la plus creuse, on comptait encore, sur cinq naissances vivantes, une fille ; à Rimal, pendant plusieurs années successives, le ratio était inférieur à une fille pour vingt garçons — ce n'est qu'une estimation, bien entendu, Abdane ayant été l'un des premiers dirigeants à interdire la publication et même la récolte des chiffres concernant la population. Inconscience ? Aveuglement criminel ? Ce sont les mots que la presse utilisa dans les jours qui suivirent la chute du maître de Rimal ; en cela, pourtant, il ne différait en rien des autres dirigeants de l'époque. Bien peu étaient capables d'envisager avec gravité des questions qui ne se poseraient qu'après quinze ou trente ans ; la plupart préféraient les laisser en héritage empoisonné à celui qui aurait l'arrogance d'être leur successeur.

D'ailleurs, tout le monde croyait que Rimal resterait à l'abri des turbulences qui agitaient le Sud. On faisait semblant de maudire la poigne d'Abdane, mais au vu de ce qui arrivait un peu partout, on la bénissait en silence.

Une fois — c'était, je m'en souviens, trois ou quatre ans avant l'explosion —, un organisme humanitaire avait recensé qu'il y avait eu à Rimal, au cours des douze mois précédents, huit cent cinquante exécutions capitales pour cause de viol ; le despote avait fait répondre que c'était la loi de son pays, la tradition de son peuple, et qu'il ne se laisserait pas entraîner sur les voies qui mènent à la perdition. Un discours auquel il devenait de plus en plus difficile de répondre, surtout que l'on savait pertinemment que le viol n'était plus un vulgaire délit individuel mais l'expression d'une agressivité universelle dont chacun redoutait le déchaînement.

Peut-être comprend-on mieux à présent toute la perplexité qui fut la mienne et celle de Clarence en cette matinée de juillet. Le soir déjà, et surtout le lendemain, quand furent connus les récits des massacres, il n'y avait plus beaucoup de place pour l'ambiguïté ; il nous fallait, hélas, rejoindre le sentiment ambiant, celui des responsables, des médias, des gens de la rue qui, tout en formulant des réserves quant au personnage déchu et à ses méthodes, en arrivaient à regretter, comme un âge d'or, le temps de la corruption, du despotisme et de la duplicité.

La rage qui déferla sur Rimal avait, dans son horreur, dans sa démesure, quelque chose d'épique. Je ne voudrais pas, à travers ce mot, ennoblir le crime ni parer de grandeur la folie destructrice. Non, j'essaie simplement d'expliquer que les événements acquirent, dès les premiers jours, une signification apocalyptique. Comme si quelque chose d'irréparable venait de se produire, comme si l'humanité entière prenait soudain conscience d'un cauchemar qu'elle avait réussi, tant bien que mal, à se dissimuler. Il y avait, bien sûr, les images de l'horreur, le nombre de morts, parmi lesquels des milliers d'étrangers — même les gouvernements qui se targuaient de transparence n'osaient confirmer les chiffres. Mais plus que cela, il y avait ce sentiment qu'une partie du monde, la plus grande partie, la plus peuplée, était en passe de devenir un territoire interdit, des limbes où nul ne pourrait plus s'aventurer, avec lesquels bientôt aucun échange ne serait possible.

Et d'un seul coup, le Nord eut conscience que cette « planète d'en bas », qu'il avait pris l'habitude de considérer comme un poids mort, faisait partie de son propre corps, et il se mit soudain à vivre la déliquescence du Sud comme une mutilation ou, pire, comme une gangrène.

W

Piètre consolation, la cassure du monde allait avoir sur mon propre foyer l'effet le plus réparateur.

Entre Clarence et Béatrice je n'avais jamais décelé la plus infime complicité — aucun antagonisme non plus, d'ailleurs, aucune friction, il me semblait qu'elles demeuraient incurablement étrangères l'une à l'autre. Je m'évertuais à les rapprocher, je suscitais entre elles, chaque fois que j'en avais l'occasion, un tête-à-tête, un chuchotement, une confidence... Peine perdue, ma famille demeurait un triangle sans base, Clarence et moi, Béatrice et moi, deux couples perpendiculaires, et cela, comme j'ai déjà pu le signaler, dès avant la naissance de ma fille, alors qu'elle n'était qu'un projet, qu'un désir, formé en moi plus qu'en ma femme, qui ne le porta que pour me satisfaire.

C'est à moi que Béatrice avait confessé sa première bêtise d'amour. J'en étais si ému, si flatté, que je ne songeai pas à agir en père ; si agir en père consiste à émettre quelque parole convenable, quelque morale d'autorité, ce rôle écrit par d'autres ne me tentait pas ; j'avais mieux, le privilège de sa confiance, deux larmes lâchées sur ma chemise, deux larmes que je couvris de ma paume comme pour leur interdire de sécher.

C'est également moi que Béatrice avait suivi en choisissant d'étudier, plutôt que le journalisme, la biologie.

Les choses de ma tribu en étaient là lorsque l'accident de Clarence vint bouleverser le jeu établi. Tant que la mère était mère et la fille était fille, leurs rapports avaient été froids, en quelque sorte amidonnés. L'image que j'appelais de tous mes efforts, celle d'un père et d'une mère enlacés, épanouis, autour d'un berceau, n'a jamais pris réalité ; j'ai sur ma table, au moment où j'écris ces lignes, une autre image encadrée : père et fille enlacés autour d'une chaise roulante. C'est ainsi que nous nous étions retrouvés, par la vertu de cette inversion ; Béatrice était tendrement maternelle, Clarence était fermement filiale ; enfin amies.

Après une si longue gestation, leur relation ne pouvait raisonnablement stagner dans des eaux banales. Elle fut d'emblée fougueuse et insatiable, comme les amours d'un marin fidèle. Et fructueuse.

Un jour, à mon retour du Muséum, je les vis dans une posture inattendue : Clarence dictant, de son fauteuil, des phrases qui se bousculaient, et Béatrice à terre, scribe accroupi devant écran, pianotant consciencieusement la prose maternelle. Un spectacle qui allait devenir familier. Parfois, lorsque ma compagne se taisait, notre fille risquait une question ou une objection. Elles débattaient, s'enflammaient, relisaient, corrigeaient ensemble. Une œuvre commune prenait forme. Leur « enfant » à elles deux, dont je n'étais, au mieux, que le parrain.

Un autre que moi se serait senti menacé, détrôné ; je ne suis pas ainsi, leurs retrouvailles me comblaient. Je les observais ; je les écoutais ; pour les interrompre ou les appeler, je disais : « les filles ! », ravi de les envelopper ainsi, âges confondus, sous le même vocable protecteur.

Quand leurs articles furent publiés, en feuilleton, dans un quotidien prestigieux, l'actualité leur assura une vaste audience attentive.

L'idée de départ n'était pas neuve : il y a dans les sociétés humaines, comme chez les individus, un principe mâle, qui est principe d'agression, et un principe femelle, qui est principe de perpétuation. Certains hommes souffrent d'un excès d'hormones mâles, ou de la présence d'un chromosome mâle surnuméraire ; ces êtres sont parfois intelligents, mais d'une intelligence défigurée, dit-on, par une extrême agressivité, et souvent tournée vers la criminalité ; les annales des tribunaux connaîtraient d'innombrables cas de ce type. N'est-ce pas à un tel phénomène que nous assistons, s'interrogeaient Clarence et Béatrice, mais à l'échelle de la planète ? Par la faute de quelques savants dénués de scrupules, par la faute aussi de cette « faille horizontale » que nul n'a su prévenir, n'aurions-nous pas provoqué, pour des communautés, des ethnies, des peuples, et peut-être pour l'espèce entière, un gigantesque dérèglement ?

Je ne veux pas débattre de la valeur de cette thèse, elle vaut moins par sa rigueur scientifique que par sa capacité à épouser avec vigueur la forme des événements en cours, devant lesquels nos beaux esprits restaient désarmés. Ainsi, les peuples du Sud se seraient transformés sous nos yeux en mutants ivres de violence, car privés de toute existence normale et interdits d'avenir ? Pour confirmer une telle vision, il y avait bien plus que l'apparence des choses. Chacun avait pu contempler ces pyramides des âges distordues, transcription savante des monstruosités quotidiennes ; de Naïputo à Rimal, d'innombrables épisodes de fumée et de sang jalonnaient déjà notre mémoire ; et chacun devinait que l'avenir proche aurait les mêmes couleurs.

Quand on se retrouve soudain sur l'autre versant de l'horreur, tout paraît logique, évident, attendu, inéluctable ; oui, assurément, tout était prévisible, dès l'instant où s'était creusée la « faille horizontale », dès l'instant où les secrets de la vie étaient tombés aux mains des apprentis sorciers ; déjà au siècle dernier, il y avait toutes les prémices du chaos : ces villes qui sombraient, les unes après les autres, ces nations qui se désintégraient, cette fuite absurde vers des millénaires révolus, ces exclusions, ces enfermements.

La cause et l'effet, quelle géniale supercherie, me dira-t-on ! Dans l'infini des possibles, qui aurait pu reconnaître à temps le virage de l'apocalypse ? Je rétorquerai que j'ai connu des hommes et des femmes qui lisaient les secrets du monde à livre ouvert ; certains sont partis, d'autres demeurent autour de moi, je me réchauffe encore à leur feu sacré. Des hommes et des femmes qui, je l'ai déjà dit, ont su voir dans la « larve » les contours de l'« image ».

Mais c'est sur l'« image » que je dois, l'espace de quelques paragraphes, fixer mon regard. Chacun aujourd'hui peut voir comme moi à quoi le monde s'est mis à ressembler, rien de ce que je pourrais décrire n'est inconnu, rien ne surprendra ; mais telle est la tâche absurde que je me suis fixée, témoin, peintre légiste, greffier des épilogues.

Ceux qui, comme moi, ont connu l'âge des barrières estompées, cet univers raccordé à lui-même par mille voies lumineuses, comment pourraient-ils se reconnaître dans cette planète cloisonnée. Jamais je n'aurais pu croire que cette expansion serait éphémère, que tant de murs se dresseraient, infranchissables, sur les routes et dans les esprits.

L'un après l'autre, les pays du Sud se sont fermés, comme dans un campement, la nuit, les feux s'éteignent. Mais ce n'était pas pour une plage de sommeil, l'obscurité s'installait à demeure, les paupières n'attendaient plus l'aube.

Le siècle dernier nous avait fourni cent exemples de sociétés qui sombraient soudain dans la démence. On prenait soin de compatir, mais on s'en accommodait, le monde courait encore dans un vertige de hurlements, tant pis pour les retardataires, les enlisés, les essoufflés, l'Histoire était pressée, elle ne pouvait s'arrêter à chaque station d'amertume. Mais où donc allait-elle, l'Histoire ? Avec quoi avait-elle rendez-vous ? Et à quelle date ?

Qui donc aurait osé prédire la régression ? Régression, idée chagrine, risible, hérétique, incongrue. On s'obstine à regarder l'Histoire comme un fleuve qui coule en paysage plat, s'affole en terrain accidenté, connaît quelques cascades. Et si son lit n'était pas creusé à l'avance ? Et si, incapable d'atteindre la mer, il se perdait dans le désert, égaré en un puzzle de marécages stagnants ?

Paroles désabusées ? J'espère seulement que ma Béatrice pourra vieillir dans un monde régénéré ; et qu'à l'avenir de gigantesques parenthèses viendront murer ces décennies maudites.

Dès avant les événements de Rimal, certains pays du Nord déconseillaient à leurs ressortissants de se rendre dans les contrées à risque.

Appellation pudique, confinée en principe aux zones qui, tel Naïputo, avaient déjà connu leur moment d'orgie meurtrière.

Rimal, bien entendu, n'avait jamais figuré sur les listes, le général Abdane ayant aboli l'insécurité, n'est-ce pas, et déraciné la violence ; nul ne lui aurait fait l'affront de parler de risque à son propos. Sa chute, si brutale, et le sort réservé aux étrangers qui vivaient sous sa protection signifiaient qu'aucune destination n'était désormais sûre dès lors qu'on avait franchi la latitude de l'enfer.

Sans plus chercher à ménager les susceptibilités diplomatiques, on entreprit d'évacuer par dizaines de milliers les familles installées dans le Sud. Quelques rares chancelleries s'accrochaient encore à une ultime distinction entre les pays où la violence était « déclarée », et ceux où elle n'était que « latente ». Les nuances s'aplanirent, toutefois, dans le sauve-qui-peut qui soufflait sur le monde.

Un réflexe fort compréhensible, mais qui accéléra la débâcle. Au spectacle de ces milliers d'expatriés qui rassemblaient leurs effets à la hâte pour aller s'entasser dans les aéroports, comment la population locale aurait-elle pu poursuivre le cours de son quotidien ? Plusieurs pays, jusque-là à peu près paisibles, furent pris de frénésie ; à l'exode des étrangers vint s'ajouter celui des élites locales, et même des gens du commun que l'avenir épouvantait.

Aujourd'hui encore, alors qu'on sait bien plus de choses sur l'origine des événements qui ont affligé la planète, que de gens refusent encore de voir dans les populations du Sud des victimes, pour ne garder d'elles que deux images : tout près de nous, trop près, ces multitudes migrantes ; et au lointain ces hordes démentes, acharnées à détruire un monde qu'elles ne comprenaient plus, et qui, avant tout, se punissaient elles-mêmes. Un jour, peut-être, un tribunal de l'Histoire prononcera de tardives sentences pour « privation d'avenir ».

Ici, dans le Nord, les malheurs ne nous atteignent que par ricochet ; songeons parfois à ceux qui subissent l'impact. Songeons à ces pays où plus personne n'ose s'aventurer, fermés au monde extérieur, disloqués en tribus acharnées les unes contre les autres dans la détresse commune, abandonnées par les meilleurs de leurs fils, survivant comme des herbes folles dans les ruines. Et à l'horizon, d'autres ruines.

A Rimal, comme sur deux gros tiers de la planète, le temps désormais piétine. Les avions ne se posent plus, ne décollent plus, sinon parfois quelque vétuste bombardier ; les routes, perspectives infinies que le général Abdane avait tracées, à grands frais, comme pour conjurer le désert, se sont effacées en quelques mois, noyées sous les sables vengeurs ; les mines sont redevenues cavernes, les machines se dissolvent patiemment dans la rouille et l'oubli ; dans les quartiers modernes, des immeubles s'élèvent encore, mais noircis, balafrés, la plupart éventrés, monuments cyniques à la civilisation d'un jour. Un millénaire révolu, disent les pierres, un de plus.

De Rimal, de Naïputo, de tout l'Orient proche ou extrême, et d'Afrique, et aussi des taudis du Nouveau Monde, les hommes fuient encore, chaque fois qu'ils le peuvent, par bateau ou à dos de mule. Ce sont les ultimes porteurs des antiques lumières, ils s'échappent comme les paroles d'un mourant.

Pour retrouver le Nord, le nord de la Méditerranée, le nord du Rio Grande, point n'est besoin de boussole, leurs aînés les ont précédés, la route est inscrite dans leurs gènes, ses peines sont douces, et ses rigueurs pardonnées d'avance. Dans les pays d'accueil, beaucoup s'estiment envahis ; mais que faire, on ne rejette pas un naufragé à la mer.

Je me souviens d'avoir lu autrefois, sous une plume des mieux intentionnées, une curieuse métaphore. Notre planète, disait l'auteur, ressemble à une fusée à deux étages. L'un se déboîte, retombe vers le sol, et dans sa chute se désintègre ; l'autre se détache, s'élance dans l'espace, intact et délesté.

Même au moment où ce texte fut publié, il aurait été facile d'ironiser, en se figurant, par exemple, ce qui adviendrait si la planète du bas se désintégrait tout en restant accrochée à celle du haut par quelque boulon mal desserré... Mais telles étaient bien les illusions de mes contemporains, naïves, honteuses, mesquines ; et cependant légitimes, comme le sont tous les réflexes de survie.

X

Pouvais-je l'ignorer, entre père et fille plane sans cesse l'heure de l'éloignement. J'espérais seulement ne pas avoir à la subir dans les formes anciennes, mon bras prêté à la porte d'un édifice, accompagner Béatrice par quelques pas maladroits, passer la main, revenir dans les rangs, soutenir les regards de circonstance... Non, me disais-je, les départs ne se vivent plus ainsi. Ni chasuble ni écharpe. Sans bras paternel, sans invités. La chose, quand elle surviendra, ne sera pas épinglée à une date.

Précaution des précautions, je m'en étais ouvert très tôt à ma fille, dès avant sa première aventure : sa chambre était sa chambre, avais-je insisté, cette maison était sa maison, elle pouvait, à sa convenance, partir puis revenir, seule ou avec des amis ; aussi loin qu'elle irait, elle aurait besoin de garder, dans la « tête arrière », le réconfort d'un port d'attache où elle conserverait tout au

moins quelques objets de son enfance. Elle avait dit
« oui », avec émotion, m'avait caressé de tous les faux
noms que j'aime. J'étais rassuré et fier.

A tout considérer, la vie ne s'est pas acharnée sur mes
échafaudages. Elle les a juste un peu secoués. Juste ce
qu'il fallait pour qu'elle reste la vie.

Quand Béatrice s'était mise à fréquenter Morsi, je
n'eus aucun effort à faire pour le prendre en amitié. Il
était de père égyptien et de mère savoyarde ; c'est pourtant celle-ci, disait-il, qui avait tenu à lui donner ce prénom, dont il se gaussait de bon cœur. « Quand je me
présente, je prononce Morsi, très vite ; les hommes
entendent Marcel et les femmes Maurice ! » Dès notre
première rencontre, je lui parlai, bien évidemment, de
ma brève et unique visite à son pays, lors du colloque sur
le scarabée ; il m'avoua que lui-même avait toujours vécu
en France ou en Suisse, qu'il ne s'était rendu que deux
fois au Caire, pour de courtes vacances ; et Clarence fut
déçue d'entendre qu'il n'avait jamais mis les pieds à
Alexandrie, ville dont elle se targuait d'être originaire.

— Je croyais que ta famille venait de Salonique,
s'étonna Béatrice.

— Et moi d'Odessa, dis-je en toute mauvaise foi.

Clarence posa la main sur l'épaule de Morsi.

— Explique-leur que ma patrie est une galaxie de villes ! Explique-leur que nous sommes nés, toi et moi, de la
lumière de l'Orient, et que l'Occident ne s'est éveillé qu'à
nos lumières ! Dis-leur que notre Orient n'a pas toujours
plongé sous les ténèbres ! Raconte-leur Alexandrie et
Smyrne et Antioche et Salonique, et la Vallée des rois, et
le Jourdain, et l'Euphrate. Mais peut-être ne sais-tu pas !

Elle parlait avec un mélange d'emphase et de dérision,
et Morsi était triste, comme on peut l'être au spectacle
des larmes d'un clown.

Il n'était pas souvent triste pourtant. Béatrice l'avait
rencontré au laboratoire où elle venait d'être engagée ; il
y était considéré comme le plus ingénieux des chercheurs mais aussi le plus pitre, plaisant alliage dont elle
fut charmée dès le premier jour. Ils avaient le même teint
de bronze, la même taille, et à quelques mois près le

même âge ; ils donnaient l'impression d'avoir toujours vécu la main dans la main. Avec ses cheveux courts et crépus, sa tête ovale, copiée de quelque bas-relief pharaonique, et son rire franc, mais déférent, Morsi fit bientôt partie de notre paysage familial.

Ses parents vivaient à Genève, tous deux spécialisés dans la pharmacologie ; lui-même était notre voisin, s'étant trouvé un studio minuscule près des arènes de Lutèce. Plus d'une fois je faillis lui proposer, par l'intermédiaire de Béatrice, de venir s'installer chez nous, mais je ne l'ai jamais fait, je ne me sentais pas le droit de précipiter les choses, ni de les formaliser.

Pudeur orientale, je suppose, Morsi n'a jamais passé la nuit dans notre appartement ; en revanche, Béatrice s'absentait souvent, surtout les fins de semaine. Et un jour, en revenant du Muséum, je trouvai ses affaires dans des cartons près de la porte. Devinant mon émotion, Clarence m'expliqua que notre fille avait, à vingt-cinq ans, besoin de vivre pleinement avec un homme. Je faillis discuter. Je murmurai un pitoyable « Pourquoi ? » qui demeura suspendu. Puis je partis m'enfermer dignement dans mon bureau, bien décidé à ne sortir qu'après que les cartons auraient été emportés.

Moi qui craignais que le départ de Béatrice ne soit planté dans ma mémoire par quelque cérémonie... Il n'y eut que ces cartons, entassement de livres, d'habits pliés, de photos encadrées, et puis cette chambre trop soigneusement rangée, ordonnée désormais par l'absence. Pour me distraire, je parcourus ma collection de coléoptères, recollant quelques noms déplacés.

Quand je fus lassé, seulement à l'heure du dîner, j'avais versé les deux larmes réglementaires, j'étais dans les normes ; c'est ainsi, dans les engagements d'amour on ne fait pas de provision pour départ.

Le lendemain, Béatrice et Morsi vinrent pour le petit déjeuner, délicatesse que j'appréciai. Ma fille se montra enjouée, plus facétieuse que de coutume, comme pour me dire qu'elle savait encore être enfant, mon enfant.

Aucun de nous quatre ne se doutait qu'elle était déjà enceinte. Je devais l'apprendre des semaines plus tard, au détour d'une discussion. Des enquêtes venaient d'être diffusées sur le sort des femmes en Rimalie, comme dans d'autres pays du Sud. On aurait pu supposer qu'en raison de leur rareté croissante, elles seraient honorées, adulées, courtisées ; elles étaient seulement plus convoitées. C'est peut-être la pire image que garderont de nous les siècles à venir, ces femmes cloîtrées, assiégées, précieuses propriétés de leurs tribus, enjeu de sanglantes querelles ; elles ne pouvaient sortir dans la rue sans escorte, par crainte du viol et du rapt. « Nous voilà rendus, constatai-je, au temps de l'enlèvement des Sabines ! »

Béatrice posa la main sur celle de Morsi, en laissant échapper : « J'espère que ce sera un garçon ! » Dans sa bouche, un tel souhait était si incongru ! Pourtant, ce n'est pas à cela que je m'arrêtai, mais, comment dire, à l'information brute : je me levai à l'instant, contournai la chaise sur laquelle ma fille était assise, puis me penchai au-dessus d'elle, mes lèvres sur son front et ma paume sur son ventre encore plat. « Je suis au troisième mois », rit-elle pour se donner une rondeur.

J'observai Clarence du coin de l'œil, elle était aussi surprise que moi, mais sa réaction fut autre.

— Est-ce vraiment un siècle où il fait bon naître ?

Le soir, dans notre chambre, je lui reprochai amèrement ces paroles. Quels que soient les drames de notre époque, ce ne sont pas des mots à prononcer devant une future mère. Béatrice était à l'orée d'une aventure exaltante et éprouvante, ce n'est pas de notre angoisse que nous devions l'entourer ; et l'enfant qui allait naître, est-ce ainsi que nous devions l'accueillir ? Un seul être au monde serait pour moi aussi cher que Béatrice : l'enfant de Béatrice. Même si j'étais fatigué de la vie, je renouvellerais mon bail de vingt ans rien que pour voir grandir cette petite chose, pour la promener dans les parcs, pour voir son visage s'éclairer devant une barbe à papa.

Clarence se blottit contre moi.

— Tu es tout feu ce soir, dit-elle, serre-moi, je veux recueillir ton amour en moi, tout ton amour, pour moi, pour Béatrice, et pour l'enfant de Béatrice.

L'amour comme dérobade, l'étreinte comme ultime argument, la jouissance en points de suspension, pouvais-je me plaindre de ce détournement de propos ? Clarence a toujours su gagner mon corps à sa cause ; mes idées s'apaiseraient jusqu'au matin.

Au matin, d'ailleurs, elle me donna raison. Sinon sur le fond — elle n'a jamais partagé mon émerveillement béat devant l'enfance —, du moins sur l'attitude à adopter en présence de notre fille. Ajoutant cependant, en guise de nota bene, entêtée et pensive :

— ... mais Béatrice a raison de vouloir un garçon dans ces circonstances.

— Quelles circonstances ? Nous ne sommes ni à Rimal, ni à Naïputo, que je sache !

— Sans doute, mais nous sommes embarqués dans la même planète. Quel mal demeurera circonscrit ? Les haines sont contagieuses, la régression peut l'être aussi.

Je n'ai jamais écouté à la légère les visions de Clarence. Elle avait tendance à privilégier, de tous les scénarios, le plus apocalyptique ; l'Histoire avait parfois, hélas, la même fâcheuse tendance. Ni l'une ni l'autre ne se fourvoyait dans les analyses ; elles se contentaient d'énoncer des verdicts.

Clarence et l'Histoire, deux personnages dans ma vie, souvent complices ; mais l'un par extrême lucidité, et l'autre par aveuglement extrême.

Y

Conformément à son vœu, Béatrice eut un garçon, qu'elle prénomma Florian. Quand, une heure après l'accouchement, je me rendis auprès d'elle, je fus étonné d'apercevoir des agents en armes dans le couloir. J'avais déjà vu, au cinéma plutôt que dans la vie, des policiers dans un hôpital, pour surveiller quelque prisonnier malade, garder quelque victime d'attentat, quelque personnage menacé. Mais dans une maternité ? Ma première supposition fut qu'une détenue était venue accoucher. Ce fut Morsi qui me détrompa :

— C'est à cause des rumeurs.

— Quelles rumeurs ?

Ah, si ! Je m'en souvenais maintenant. Depuis quelques mois, des bruits couraient selon lesquels des filles en bas âge auraient été enlevées par des gangs de sordides trafiquants afin d'être « vendues » dans des contrées qui en manquaient. J'avais haussé les épaules et, en un sens, je n'avais pas tort. La psychose créée par ces rumeurs était sans commune mesure avec les faits établis. Il y a toujours eu, bon an mal an, un certain nombre de disparitions d'enfants et de jeunes femmes ; personne n'a jamais pu prouver, à ma connaissance, que de tels enlèvements aient été pratiqués sur une échelle significativement différente au cours des années dont je parle.

Ce en quoi j'avais tort, en revanche, c'était d'avoir sous-estimé l'amplitude de la peur qui se propageait. Peut-être y aurais-je été plus sensible si Béatrice avait eu une fille.

Observée avec le recul du temps, cette peur n'est que trop compréhensible. Dans le Nord, les générations creuses arrivaient à maturité. J'ai déjà expliqué de quelle manière le pire avait pu être évité, et je répète ici que le déséquilibre entre garçons et filles demeurait modeste quand on le comparait avec les distorsions du Sud. Tout de même, il n'était pas insignifiant, et c'est à lui que les spécialistes attribuaient la subite montée de la délinquance parmi les adolescents. Certaines sociétés avaient connu, au lendemain des guerres, des périodes où les femmes étaient en surnombre ; malgré la détresse, malgré les privations et les contingentements, il s'agissait, au regard de l'Histoire, de plages paisibles où les humains reprenaient leur souffle ; jusqu'ici, on n'avait jamais pu observer, grandeur nature, des sociétés où les jeunes mâles seraient en surnombre écrasant.

Si cette distorsion était intervenue dans un environnement normal, peut-être aurait-on pu l'aborder avec plus de sérénité. Ce n'était résolument pas le cas. Après les événements de Rimal, un vent d'angoisse avait soufflé sur le monde, des courants d'échanges séculaires s'étaient brutalement rompus, les autres s'étaient ralentis, la planète s'était manifestement rétrécie, rabougrie, comme une pomme malade ou trop mûre ; Rimal avait été naguère le porte-drapeau d'une certaine prospérité ;

sa chute annonçait, à grand fracas, l'avènement d'un âge nouveau, celui de la régression et de la lassitude.

Je préfère ces termes à celui de « grande dépression », auquel demeurent attachés des contemporains sans imagination. Non que je récuse toute ressemblance avec le jeudi noir de 1929, et toutes les vénérables angoisses du siècle révolu. Mais les comparaisons dissimulent autant qu'elles révèlent, le siècle de Béatrice ne mime aucun autre, même si nous décelons çà et là dans ses traits quelques monstruosités surannées.

Les économistes expliquent mieux que je ne saurais le faire de quelle manière l'écroulement du Sud a ébranlé l'opulence du Nord ; ils savent décrire la panique des places boursières, les faillites en cascade, les entreprises ruinées, les suicides ; des livres ont été publiés qui alignent les chiffres de la pauvreté nouvelle.

Mais les chiffres ne font que balbutier ce que les rues hurlent à tue-tête, toutes ces rues vides, froides de terreur. Traverser une artère parisienne naguère grouillante, et s'y découvrir seul, entendre ses propres pas, se sentir épié, peut-être envié parce qu'on porte un pardessus neuf, passer devant un café, découvrir qu'il vient d'être interdit par une grille de fer ; arriver dans un autre, s'y retrouver chuchotant à l'oreille du patron quelques banalités résignées ; c'est cela l'esprit du siècle de Béatrice.

Il ne s'est pas installé partout en même temps. La pauvreté a mis des années à se répandre, épidémie à virus paresseux, mais indiscutablement contagieuse. Les habitudes de vie s'y sont conformées : beaucoup de gens avaient à peine de quoi survivre ; ceux qui avaient les moyens de dépenser avaient peur ou honte de le faire ; les grandes villes regorgeaient de violence, les campagnes se faisaient de moins en moins accueillantes.

Les rumeurs d'enlèvements n'étaient qu'un symptôme du mal. On renforça la surveillance dans les maternités, devant les garderies, les écoles ; je bénissais le ciel chaque jour que Béatrice ait eu un garçon ; ceux qui avaient des filles devaient les escorter sans arrêt ; même adolescentes, elles devaient être accompagnées, de préférence par plus d'une personne.

Tous les gouvernements du Nord durent consacrer un effort croissant à la sécurité, mais le spectacle de ces dispositifs, s'il dissuadait certains êtres de commettre leurs délits, rappelait également à la population « normale » l'insécurité ambiante, et la décourageait de s'aventurer dans les rues.

Les gens demeuraient donc chez eux, pour le plus grand malheur des commerçants, des restaurateurs, des organisateurs de spectacles. Et chez soi, que faisait-on ? On regardait défiler sur l'écran domestique les récits des violences quotidiennes, celles de sa propre ville d'abord, et des contrées avoisinantes, puis celles, lointaines mais obsédantes, qui se poursuivaient sans relâche dans les pays du Sud.

Cet âge de la régression et de la lassitude était — pourquoi parlerais-je au passé ? il est toujours — celui de la suspicion et de tous les amalgames. Le basané, le crépu, l'étranger apparaît comme un vecteur ambulant de violence. Jamais je n'ai vu les choses sous ce jour, jamais je ne les verrai ainsi. La femme que j'ai choisie et aimée, la fille qu'elle m'a donnée, le gendre que j'ai accueilli et adopté, tous trois appartiennent à la nébuleuse brune des migrants, et moi-même, par alliance, par amour, par conviction ou par tempérament, je m'en suis toujours senti solidaire. Mais je n'aurais pas jeté la pierre à mes voisins apeurés. Je ne méprise pas leurs frilosités. Et je me garde d'argumenter ; ils ont pour eux l'apparence des faits. Ils s'estiment envahis par la misère du monde, et par les rancœurs que la misère charrie, bagage infâme dont certains migrants n'osent se défaire.

Qu'aurais-je dit si les gens écoutaient encore ? Que les ancêtres ont leur part de culpabilité ? Que nous avons la nôtre, accablante ? Que la misère est aussi mauvaise conseillère que l'opulence ? Que le salut sera planétaire ou il ne sera pas ? Que...

Mais tel n'est plus le langage du moment. Impuissant contre la lèpre, on s'en prend aux lépreux, on érige des murs de quarantaine. Sagesse séculaire, séculaire folie.

Après ce que je viens d'écrire, oserai-je ajouter que les malheurs du monde m'ont conduit, à peu de chose près, là même où je souhaitais aboutir ?

Je m'explique. Autrefois, Clarence concevait sa retraite, la nôtre, comme un inépuisable tour du monde. Pour se remettre de sa frénésie de voyage, elle pensait avoir besoin non d'une existence sédentaire, mais d'une autre façon de partir vers les mêmes pays, plus lentement, sans montre ni calepin, sans obligation aucune, fût-elle obligation de plaisir, rien qu'une suite de sereines déambulations. Les événements sont venus estropier ses rêves d'Orient, lacérer son image des tropiques, l'évasion lui fut interdite, un peu par son état, surtout par l'état de la planète.

Du temps où ses projets avaient encore un sens, Clarence m'en parlait au soir des journées éprouvantes. Je la laissais voguer ; à ces moments-là je la prenais doucement par la taille, comme si nous faisions une promenade immobile ; la tête en retrait, j'observais sa face rayonnante, je n'embrassais que sa chevelure à peine argentée et ses brunes épaules nues, pour rien au monde je n'aurais voulu entraver son champ de vision.

Et, bien entendu, je ne la contredisais pas. J'avais pourtant une tout autre conception de notre retraite ; la sienne était oisive et nomade, la mienne studieuse et sédentaire — un microscope dans une grange savoyarde. Mais je n'aurais pas imposé ce cloître à ma compagne, je l'aurais d'abord suivie sur les routes, puis, l'âge aidant, elle m'aurait suivi dans ma chaumière. Le sort a voulu que nous omettions une étape, la sienne.

Mes rêves habitaient depuis des années au voisinage des Alpes ; ceux de Clarence vinrent les y rejoindre. Nous aspirions à présent l'un et l'autre à vivre dans cette sorte d'observatoire perché sur le toit de l'Europe ; peut-être, en nous éloignant ainsi, pourrions-nous préserver notre lucidité, ultime dignité des êtres qui vieillissent.

C'est en la trentième année du siècle de Béatrice que j'ai transféré aux Aravis ma bibliothèque, mes instruments, ma collection d'insectes et mes vêtements d'hiver. Le lieu de villégiature était ainsi consacré résidence définitive, pour toutes les saisons qui me resteraient.

La ville m'était devenue insupportable. Les gens rasaient les murs, cernes gris, regards gris ; j'imagine qu'il en était de même pendant la deuxième guerre quand les nuits étaient froides et que le charbon manquait. Mais ce n'était aujourd'hui ni la guerre ni le froid. C'était la lassitude. Le goût de la défaite sans l'excitation guerrière. L'hiver dans les tripes, qu'aucun feu ne parvient à adoucir.

Je ne reconnaissais plus les gens ni les rues, je sursautais parfois en écoutant mes propres pensées. La peur est accoucheuse de monstres.

Ma propre peur était double. En tant que citadin, je dardais avec méfiance tout visage inconnu, tout attroupement ; si je pouvais, d'un geste, réduire en cendres tous les passants dont l'ombre m'inquiétait... Un soir d'hiver, je vis au coin de ma rue une bande de jeunes qui avaient allumé sur le trottoir une sorte de feu de joie, qui grésillait ; autrefois, je m'en serais amusé, je leur aurais adressé une boutade amicale ; au lieu de quoi, je fis tout un détour pour les éviter, et avant de pénétrer dans mon immeuble, je leur lançai, de loin, un regard gorgé de haine.

C'est en retrouvant mon foyer, après avoir barricadé la porte blindée à triple tour, que je m'étais laissé aller à l'autre peur, la peur de moi-même, de ce que la ville obscurcie avait fait de moi, peur et honte du regard que je posais désormais sur mes semblables et sur le monde.

Il fallait que je m'éloigne, d'urgence. Que je retrouve dans l'éloignement la sérénité. Quand je serais à l'abri des hommes, je réapprendrais peut-être à les aimer.

Les derniers temps, seule m'attachait encore à Paris la présence de Béatrice, Florian et Morsi. Si je devais me sauver, il fallait que ce soit en compagnie de tous les miens.

D'ordinaire, j'ai tendance à laisser les gens, même les

plus proches, suivre leur pente, le respect des autres, de leurs égarements même, ayant toujours été pour moi une religion. Cette fois, pourtant, je résolus de la transgresser, je me fis insistant, jouant sur toutes les fibres de l'amour et de la crainte pour arracher à ma fille une décision. Morsi subissait aussi le harcèlement de ses propres parents qui lui proposaient, ainsi qu'à Béatrice, un emploi à Genève ; ils seraient alors à moins d'une heure des Aravis. A mon grand soulagement, ils finirent par céder. Et c'est seulement lorsqu'ils furent tous près de moi que je repris goût à la vie et pus me remettre à quelque travail.

Je n'avais pas encore le projet d'écrire ce livre de témoignage. Le temps que je ne consacrais pas à ma famille, je le passais de préférence auprès de mon microscope et de ma collection de coléoptères. Et si je découvrais parfois dans mes cartons quelque lettre d'André Vallauris, quelque article découpé ou copié, je le rangeais dans un tiroir sans trop m'attarder à le lire.

A quel moment l'idée m'est-elle venue de m'improviser chroniqueur ? Peut-être, tout bêtement, le jour où je suis tombé sur un vieux répertoire épais et encore vierge, datant de l'année même de la naissance de Béatrice. Cet objet demeura quelques semaines sur ma table, sans que je me résolve à m'en débarrasser, ni à le ranger. Puis, un jour, je me mis à le feuilleter, un stylo à la main, et me retrouvai en train d'y noircir les premières lignes.

Bientôt, sans m'en ouvrir à personne, pas même à Clarence — peut-être n'étais-je pas sûr, jusqu'à ces derniers jours, de pouvoir mener à son terme un ouvrage si éloigné de mes travaux d'entomologiste —, je pris l'habitude de m'enfermer de longues heures à écrire, page après page, au rythme des souvenirs, me laissant guider, pour enchaîner les chapitres, par le seul déroulement des lettres, de A jusqu'à Z...

Me voici à présent tout proche du point final, et je me sens peu à peu délesté d'une charge dont je ne soupçonnais pas qu'elle fût si impérieuse. Ce texte sera-t-il publié un jour ? Se trouvera-t-il quelqu'un pour s'y intéresser ? Et dans combien d'années ? Ce n'est plus mon affaire, ai-je envie de dire. Quel que soit son destin, mon propre rôle s'achève. Lorsqu'on lance une bouteille à la mer, on souhaite bien entendu que quelqu'un la repêche ; mais on ne l'accompagne pas à la nage.

Et puis, en cet instant, je n'ai aucune honte à le dire, mon unique souci est de soustraire ma tribu aux turbulences du monde, de la préserver autant que faire se peut de la violence comme de l'abattement, et de garder au bonheur de vivre quelque champ dans mon minuscule royaume, aux Aravis.

D'innombrables journées de laborieux loisirs ont fait de mon repaire savoyard un domaine hautement habitable ; il a pris à mes yeux des allures d'Ararat — vous savez, cette montagne d'Arménie où l'arche de Noé aurait accosté ; la peur monte sur le monde comme l'eau du Déluge, le spectacle peut paraître grandiose pour ceux qui demeurent au sec.

Grandiose, que ce mot doit sembler cynique ! Toute tragédie est grandiose, pourtant, toute apocalypse est grandiose... Mais il est vrai que j'attendais pour le siècle de ma vieillesse d'autres fascinations, d'autres exaltations.

Que de fois je me suis demandé comment nous en étions arrivés là. Dans les pages qui précèdent, j'ai aligné des événements, des impressions, des apparences de causes. Alors que je m'apprête à quitter la scène, sans hâte mais sans regret, je me sens toujours incapable de dire si, à un moment quelconque, le cours du destin aurait pu être détourné, et ramené dans un sens plus conforme aux rêves des hommes. J'ai beau relire mon témoignage, et tant d'autres textes de ces dernières années, ma perplexité demeure, parfois obsédante. Tout ce qui est arrivé était-il donc inévitable ? Il me semble que non, je ne peux m'empêcher de croire que d'autres voies existaient...

Je pense souvent à ces avenirs révolus. Parfois même, au cours de mes promenades quotidiennes dans les sentiers de ma montagne, emporté par mes rêveries, je reviens soixante ans en arrière, bien avant le début du siècle de Béatrice, et j'essaie d'imaginer les chemins qu'aurait pu suivre l'irritante espèce à laquelle j'appartiens.

Je reconstruis alors, l'espace d'une promenade, un monde différent. Un monde où la liberté et la prospérité se seraient répandus de proche en proche comme des ondes à la surface de l'eau. Un monde où la médecine, après avoir vaincu toutes les maladies et terrassé les épidémies, n'aurait plus eu d'autre défi que de faire reculer indéfiniment le vieillissement et la mort. Un monde dont l'ignorance et la violence auraient été bannis. Un monde débarrassé des dernières taches d'obscurité. Oui, une humanité réconciliée, généreuse et conquérante, les yeux fixés sur les étoiles, sur l'éternité.

A cette espèce-là, j'aurais été fier d'appartenir.

Un jour prochain, je ne reviendrai pas de ma promenade. Je le sais, je l'attends, je ne le redoute guère. Je partirai par quelque sentier familier. Mes pensées gambaderont, indomptables. Soudain, épuisé par mes échafaudages, grisé, exalté, mon cœur se mettra à hoqueter. Je chercherai appui sur quelque chêne de ma connaissance.

Là, dans cet état, mélange de torpeur et d'ultime sérénité, j'aurai, l'espace d'un instant, la plus précieuse illusion : le monde, tel que je l'ai connu, m'apparaîtra comme un vulgaire cauchemar, et c'est le monde de mes rêves qui prendra des allures de réalité. Je recommencerai à y croire, à chaque instant un peu plus. C'est lui que mon regard embrassera une dernière fois. Un sourire d'enfant viendra illuminer ma barbe couleur de montagne. Et, en quiétude, je fermerai les yeux.

DU MÊME AUTEUR

Aux Éditions Grasset
LE ROCHER DE TANIOS (1993)

Aux Éditions Jean-Claude Lattès
LES JARDINS DE LUMIÈRE (1991)
SAMARCANDE (1988)
LÉON L'AFRICAIN (1986)
LES CROISADES VUES PAR LES ARABES (1983)

Composition réalisée par JOUVE

IMPRIMÉ EN FRANCE PAR BRODARD ET TAUPIN
Usine de La Flèche (Sarthe).
Librairie Générale Française - 43, quai de Grenelle - 75015 Paris.

ISBN : 2 - 253 - 09782 - 9　　　　　　◈ 30/9782/1